eye

守望者

——

到灯塔去

生之代价

马蒂娜·迈欧克剧作集

〔美〕马蒂娜·迈欧克 著

陈恬 译

Martyna Majok

Cost of Living & Ironbound:
Two Plays

南京大学出版社

Cost of Living; Ironbound
© by Martyna Majok

Simplified Chinese Edition Copyright © 2024 by NJUP

江苏省版权局著作权合同登记　图字：10 - 2020 - 296 号

图书在版编目(CIP)数据

生之代价：马蒂娜·迈欧克剧作集 / （美）马蒂娜·
迈欧克著；陈恬译.—南京：南京大学出版社，
2024.8
书名原文：Cost of Living，Ironbound
ISBN 978 - 7 - 305 - 27313 - 1

Ⅰ.①生… Ⅱ.①马… ②陈… Ⅲ.①戏剧文学－剧
本－作品集－美国－现代 Ⅳ.①I712.35

中国国家版本馆 CIP 数据核字（2023）第 182461 号

出版发行　南京大学出版社
社　　址　南京市汉口路 22 号　　　邮　编　210093

SHENG ZHI DAIJIA；MADINA MAIOUKE JUZUOJI
书　　名　生之代价：马蒂娜·迈欧克剧作集
著　　者　[美]马蒂娜·迈欧克
译　　者　陈　恬
责任编辑　付　裕

照　　排　南京紫藤制版印务中心
印　　刷　南京爱德印刷有限公司
开　　本　787 mm×550 mm　1/32　印张 8.5　字数 162 千
版　　次　2024 年 8 月第 1 版　2024 年 8 月第 1 次印刷
ISBN　978 - 7 - 305 - 27313 - 1
定　　价　56.00 元

网　　址：http：//www.njupco.com
官方微博：http：//weibo.com/njupco
官方微信：njupress
销售咨询：(025)83594756

目　录

导　言

失败者的剧场

陈　恬

　　2018年，马蒂娜·迈欧克凭借《生之代价》荣获普利策戏剧奖时，年仅三十三岁。在剧本中，患有脑性瘫痪的普林斯顿大学博士生约翰招聘生活助理，他难以相信前来面试的年轻姑娘杰西竟也在这所常春藤名校上过学，他问她："你经历了多少人生？"杰西回答："很多。"作为普林斯顿大学的优秀毕业生，杰西不是通常会应聘此类工作的人，而作为由单亲母亲抚养长大的初代移民的孩子，她也不是通常能够上普林斯顿大学的人。在"经历了很多人生"的杰西身上，可以明显看到作者迈欧克本人的影子。我在读《生之代价》时，有一个强烈的感受，就是迈欧克能写出这部作品，不是因为技巧，也不是因为天赋，而是老天爷在补偿她吃过的苦，因为那些惨淡的细节和幽微的情绪，绝不是一个没有付出过"生之代价"的剧作家能够凭空想象的。

　　迈欧克出生在波兰，五岁时随单身母亲第一次来到美国，当时母亲还不会说英语。她在新泽西州伊丽莎白市一个主要是移民的社区长大，那里的大多数人都来自别处，迈欧克这样描述：小孩学走路，大人学英语。和迈欧克的母亲一样，那里的人在工厂上班，同时兼职给人清扫房屋，照顾老人。作为家里第一个上大学的人，迈欧克靠奖学金读完了芝加哥大学、耶鲁大学戏剧学院，还在茱莉亚音乐学院进修，后来成为一名职业编剧，拿到普利策奖。她的成功几乎是一个"美国梦"的完美案例，她甚至确实获得过梅拉吉基金会（Merage Foundation）资助移民学生的"美国梦"奖学金，然而迈欧克并没有将自身经历转化为一种励志的成功学叙事。她和杰西一样在酒吧打工，给残疾人做看护，虽然没有像杰西那样沦落到无家可归的境地，但是正因为有过相似的经历，才更能明白成功何其侥幸。一个站起来被看见的人背后，有无数隐形的人无声无息地倒下了。迈欧克创造了一个失败者的剧场，关于移民、女人、穷人、残疾人，关于流离失所而寻找归属的人，关于全球资本主义体系下随时可能被吞噬的脆弱个体，她让那些通常隐形的人被看见，让那些通常沉默的人被听见。

　　"失败者的剧场"无疑是一种强烈的政治性表达，不过，迈欧克并不将自己视为某一群体的政治代言人，而是从个体经验出发进行创作，新泽西北部工人阶级和移民社区的生活，在她成长过程中出现的那些人的故事，是她的主要灵感来源和创作素材。她引用菲茨杰拉德的话："大多数作家写的都是同样的两三件事，如果他们幸运的话，人们会阅读他们的作品。"到目前为止，她的作品都带有或多或少的自传色彩。迈欧克在一次访谈中被问及最喜欢自己哪个剧本，她的回答是《铁界》，因为那是她母亲的故事。在耶鲁大学戏剧学院读研究生时，她曾经问自己：如果现在就放弃戏剧创作，最遗憾没有说出的故事是什么？那就是写作这个剧本的缘起。她试着写了三次，第一次很糟糕，母亲看过后，一年没有跟她说话。迈欧克理解母亲，因为在母亲的生存策略中，沉默是最安全的。后来，母亲陪伴她出席了《铁界》在华盛顿特区的首演，以沉默隐形换取生存的母亲，得到了三百位观众的起立鼓掌。迈欧克说："那是我职业生涯中最幸福的时刻。"[1]

《铁界》讲述了波兰移民达雅在二十二年间的际遇和选择。在先后三段关系中，达雅不得不为了她和儿子的未来，与那些可以提供爱情或安全感的男人进行谈判，然而两者似乎永远不可兼得。她追随第一任丈夫马克斯从波兰来到美国，在新泽西的工厂上班，但是当马克斯想去芝加哥追逐音乐梦想时，怀孕的达雅犹豫了，她只想抓住已经拥有的工作和生活，于是她成了单身母亲。她未出场的第二任丈夫是工厂经理，她嫁给他或许只是为了相对有保障的物质生活，却因此遭遇了严重的家暴，甚至有家不得归。而她和现任同居

---

[1] Katty Gray, "Martyna Majok on Living Through Chernobyl, and Writing About Betrayal and Loss with Humor", https：//www.pulit-zer. org/article/martyna-majok-living-through-chernobyl-and-writing-a-bout-betrayal-and-loss-humor.

对象汤米的分分合合，更是生动地展示了二人在情感需求和生活保障之间反复拉锯，此消彼长，锱铢必较。达雅监听汤米的手机，掌握汤米出轨的证据，情感和尊严受到伤害，却按兵不动，直到儿子需要帮助的时刻，才试图通过自曝痛苦，来换取金钱补偿。原谅汤米在四个月内十七次偷情，达雅开价三千美元，却被还价至一千美元，这是生活教给她的交换法则。她拥有的是如此有限，所以每当面临选择，她总是想要抓住实在的东西——工作、钱、保险，而从来不敢梦想看起来脆弱缥缈的东西，悲剧就在于，这些看起来现实稳妥的选择，最后往往会更深地伤害她。

写作《铁界》时，迈欧克正在阅读齐泽克的《暴力》，这本书启发她思考，我们所能眼见的主观暴力——正如剧中达雅遭受第二任丈夫的家暴，迈欧克和妹妹自小也生活在继父的家暴阴影之下——往往是某种客观的符号暴力、系统暴力（如语言和资本）的产物，不幸的是，我们对身体的骚扰十分敏感，却往往对真正残忍的系统暴力习焉不察。在剧中，当达雅说到同事阿尼亚被切纸的机器切断了胳膊，我们很难分清她是痛惜还是庆幸："因为她有工作，她才失去了胳膊。因为她失去了胳膊，她才保住了工作。"然而在全球资本主义生产体系下，达雅流水线上的工作也保不住了，因为资本已经流向劳动力更廉价的地区，工厂的废墟构成了新泽西的后工业风景。《铁界》的时间跨度有二十二年，但是空间始终固定在新泽西的一个巴士站，达雅二十二年前想买辆车，二十二年后仍然没有车。这一空间设计固然是迈欧克为节约制作成本的写作策略，却也象征性地指向一种深刻的现实：像达雅这样被动迁徙的移民往往缺乏真正的流动性。在齐格蒙特·鲍曼所谓的流动现代性状况下，资本和精英分子的超疆域流动与其强加于他人的地域束缚形成了鲜明对比。

经济和阶级也是《生之代价》的重要议题。剧本中有两条情节线平行展开：患有脑性瘫痪的普林斯顿大学博士生约翰招聘了一个新助理——年轻的二代移民杰西，帮助他每日洗漱更衣；遭遇车祸导致四肢瘫痪的中年妇女阿尼，不得不接受她正在办理离婚手续的丈夫、失业卡车司机埃迪成为她的新护工。经济状况的差别使两组残疾人/看护者呈现不同的权力关系。出身优越的约翰可以随意选择和更换护工，他在杰西面前始终是居高临下的评判者的角色。当他对杰西的态度不满意时，会礼貌地表示警告："我的选择权不是到此为止。每天早上你走进这里，我都可以重新选择。"而阿尼却不得不依靠已经分居的丈夫的保险来支付医疗和护理费用，当她拒绝埃迪担任护工的提议时，埃迪提醒她："你没有太多选择的余地。"因为埃迪是她的紧急联络人，也是付账单的人。所谓相濡以沫，除了情感需求，更是一种"生之代价"。

迈欧克用戏仿情节剧的方式揭示阶级在人际关系中的作用。约翰和杰西的故事有一个经典开场，一对才智匹配而阶级不同的青年在试探和对抗中逐渐靠近，迈欧克细致地展现两人之间的微妙博弈。起初，杰西以近乎无礼的态度抗拒约翰的接近，这似乎是她保持尊严的方式；直到约翰坦率地谈及他的病痛和脆弱，杰西才逐渐打开心扉，开始诉说她的打工遭遇，两人之间有了一种无拘束的亲昵氛围，一切似乎正朝着浪漫的轨道迈进。所以当约翰志忑地邀请杰西晚间造访时，观众和杰西一样，满心期待一次浪漫的约会，期待一对才智匹配的恋人终于跨越阶级走到一起。

然而，这只是一个致命的误会。约翰只是希望杰西去帮他洗澡刮胡子，好让他出门赴约，而与他约会的是一个真正匹配的对象：来自牛津大学、研究休谟的博士生玛德琳。故事到这一步，已经很残酷了，迈欧克却还要揭示更残酷的真相。当杰西提出，希望在约翰出门赴约时待在他的公寓里，约翰犹豫再三终于说出了拒绝的理由：杰西偷拿过他的肥皂。如果在情节剧中，这个指控必定是出于傲慢与偏见，出身下层社会的女主角通常纯洁、善良、坚韧，在道德上无可指摘。然而杰西的回答是虚弱的："我可以还给你。"她真的偷拿过肥皂。这个细节令人心惊，因为肥皂并不值钱，也不是生活必需品，而杰西偷窃的对象甚至是她有好感的异性，这只有习惯可以解释。即使上过普林斯顿大学，偷肥皂仍然是她的阶级烙印，也是她和约翰之间难以逾越的鸿沟。

通过戏仿情节剧来调动观众的期待，又使这一期待落空，该情节使观众在失望之余，不得不反思情节剧化的思维是如何限制我们对现实的认识的，这一剧作法也体现在《生之代价》的尾声。两条独立发展的情节线至此交织起来，在序幕中收到亡妻手机号发来的短信而去酒吧赴约的埃迪，最后被放了鸽子，他在回家路上偶然发现在汽车里睡觉的杰西，出于安全考虑而将她带回家，给她热水和食物。当埃迪听说杰西在酒吧打工而且刚好当晚请假时，他连连追问杰西的手机号码——如果她就是那个发短信的人，那就是冥冥之中自有天意，是另一个美好故事的开端了。然而并不是，他们的相遇纯属偶然。从剧作法角度来说，放弃人际关系和情节意义上的闭环，是为了在主题意义上构成整一性：埃迪和杰西，只是难以支付"生之代价"的无数人中的两个。

　　陌生人和偶然性在迈欧克的剧作法中有重要意义。埃迪提议杰西与他合租，对于萍水相逢的陌生人来说，这本是个近乎离谱的想法，然而对埃迪和杰西而言，却是一种实际的生存选择。在全剧的结尾，两人试探着向对方跨出了一步。《铁界》中也有一场戏是描写陌生人偶遇的。遭遇家暴的达雅，与问题青年维克在巴士站共处了半夜，达雅敏感地拒绝维克的帮助，在最后告别的时刻，维克提议他们一起看向月亮，然后悄悄地把钱塞进达雅手中。这是十分动人的场面，然而并无前因后果，如果按照亚里士多德式的传统剧作法，那么这场戏就是非常失败的"穿插式情节"。但是对迈欧克所描写的移民来说，他们本身就被抛掷出原来的人际关系网络，而进入了一个陌生人的世界，其日常经验就是与陌生人打交道，甚至必须依赖于陌生人的善心。

同样，偶然性在传统剧作法中被严格控制，因为事件的组织必须按照必然律或可然律，这一理性的安排揭示出世界的隐藏秩序和普遍规律，这也是为什么亚里士多德认为悲剧比史诗更接近哲学。二十世纪对理性主义的怀疑带来了剧作法的变化，偶然、机遇、运气成为越来越重要的叙事成分，甚至成为戏剧的主题。在迈欧克的剧作中，偶然性在何种程度上发挥作用，是与人物的社会阶层和经济状况相关的。显然，底层人物抗风险能力较弱，他们的命运更容易受到偶然性的影响。用埃迪的话说，"一件愚蠢的小事"就可能是致命的，阿尼因为看护不周而死于血栓，而杰西母亲生一场病，就将这个普林斯顿大学优秀毕业生打回底层。

迈欧克似乎将自身的成功视为偶然和运气，而杰西的经历则证明，聪明和勤奋都不足以保障成功。在酒吧打工遭遇有钱顾客的羞辱后，杰西感叹，家庭和关系是重要的，它会成为你跌倒时的一张网，而她作为这个家庭唯一留在美国的人，没有网可以托住她，她必须成为那张网。在今天，个人奋斗神话已经日益成为用极小概率事件掩盖结构性不平等，从而消磨被压迫者反抗意识的话术，因为没有谁是真正赤裸出生，性别、阶级、种族、国别都是需要背负的身份。要理解个人的命运，就必须去理解我们的社会经济和政治体制是如何构建起来，好让一些人有效地压迫和剥削另一些人的，必须去理解作为特定群体中的个人在整个权力运行机制中被规定为什么样的角色。

迈欧克以近乎冷酷的态度拒绝对现实的浪漫化，又以最大的温情去体贴每一个人物灵魂深处的褶皱。在她的剧场中，失败者成为主体，被赋予尊严。在谈到《铁界》中的主人公时，迈欧克说："我的目标是展现这样一个角色，在我消费美国流行文化的经验中，大多数情况下，她都被视为愚蠢的，只是带着滑稽的口音走来走去——那些描绘移民和穷人的可怕漫画。从这个视角进行写作，你要不断地去解释在这具身体里有什么。"[1] 她还谈道，她看过的关于残疾人的故事往往分两种，一种是"他要去跑马拉松了"，另一种是"有尊严的死亡"。她认为这非常危险，它使人觉得只有两种选择：要么成为一个鼓舞人心的、了不起的、有成就的人，要么必然想自杀。而在《生之代价》中，她想提供另一种叙事，让残疾人像普通人一样幽默，一样有情欲。迈欧克赋予失败者以尊严感的方式，就是把失败者当作常人，而非被社会定义为非正常的亟待疗救的个别病例；是把失败当作常态，而非通向成功的过程中偶然的、暂时的误

---

[1] Laura Collins-Hughes, "Q. and A.: Martyna Majok, Putting Immigrant Lives on Center Stage", *The New York Times*, 2016-02-17.

会、挫折或考验。既然失败者是常人，失败是常态，那么他们就应该有资格成为主角，以主体的姿态自然地展现他们的生活。在迈欧克的作品中，失败者既不是滑稽小丑，也没有被美化为淳朴善良的底层民众，相反，他们强硬，有韧性，为了捍卫生存必需，随时准备进入战斗，有时粗暴甚至残酷，但也不乏慷慨和温柔，会抱怨，也能自嘲。在这种生命力面前，那些"正常"社会发明的用以展示对失败者关怀的"政治正确"的名词，不仅显得造作而虚弱，而且可能也无法让失败者因此获得平等、尊重和可见性，反而遮蔽了他们的真实状况，所以当杰西称呼残疾人为"不同能力者"时，约翰嘲弄道："这个词真他妈弱智。"

迈欧克创造的失败者的剧场，并不满足于讲述失败者的故事，还会考虑从排演制作层面使现实中的失败者获得可见性。在曼哈顿戏剧俱乐部（Manhattan Theatre Club）版的《生之代价》中，扮演阿尼的凯蒂·沙利文（Katy Sullivan）和扮演约翰的格雷格·莫扎拉（Gregg Mozgala）本身都是残疾人，这是迈欧克在作者提示中明确要求的。双下肢截瘫的沙利文是残奥会田径运动员、100米美国记录的保持者。患有痉挛型脑瘫的莫扎拉创办了 Apothetae 这个组织，致力于提高残疾人在剧场中的可见性。用残疾演员来塑造残疾角色，不仅关乎表演的真实性，更涉及表演的伦理：谁值得表现？谁有权代言？这是今天的剧场实践者应该自觉思考的问题。

失败者的剧场，并非迈欧克首创。事实上，当我们回顾戏剧史就会发现，那些被我们称为经典，且至今仍然具有舞台魅力的戏剧形象，主要是失败者。也许我们可以断言：伟大的剧场从来就属于失败者。不过我们今天所处的新的语境，使失败者的剧场具有了新的必要性和紧迫性。首先，剧场艺术已经失去了作为主流文化的地位，它似乎不必试图加入主流的合唱，而应该发掘自身作为另类文化和逆向文化的潜能。其次，我们似乎正在经历一个特殊的历史时刻，一方面是权力、资本和技术以前所未有的效率控制人，也以前所未有的效率制造失败者；另一方面是社会达尔文主义死灰复燃，人们被操控着投入生存竞争，那些不适应社会的失败者似乎合该被淘汰。我们时代的失败者，是像达雅、杰西这样的失败者，是新的政治、经济和技术语境中的新的失败者，是那些伟大戏剧作品还不曾描绘过的新的失败者。讲述他们的故事，扩大观众的意识，使观众知道，这个他们与别人共享的世界上还存在着无数被遗忘、被排斥、被边缘化的失败者；创造一个共情的公共空间，可能是今天的剧场所能追求的最大的善，这也正是迈欧克的目标

对于那些在成长过程中遇到过这些角色的人，或者本身就是这些角色的人，我希望他们能感到被看见。我希望他们会感到他们的故事和他们的生活被重视。对于那些在

剧院之外可能不会遇到这些角色的人，或者可能不会与他们交谈的人，我希望他们感到有联系。他们看出租车司机或清洁女工，看其他乘地铁或等巴士的人，感受会有一点不同，会有一点复杂。①

---

① Susie Allen, "Hard Laughter: Martyna Majok's Acclaimed New Play Finds Its Light in the Dark", https://mag. uchicago. edu/arts-humanities/hard-laughter#.

铁
界①

Ironbound

2014

有一个古老的故事，说的是一个被怀疑偷窃的工人。每天晚上，当他离开工厂的时候，他推在身前的手推车都被仔细检查。警卫们什么也找不到。它总是空的。最后，事情终于水落石出：工人偷的就是手推车。

——斯拉沃热·齐泽克，《暴力》（"Violence"）

此刻已接近道路分岔延伸的尽头，

我学到了什么？尘世的诡计，一门艺术，

我总是不能分辨运气好坏，

而那曾经显得多么容易。

——罗伯特·平斯基，《泽西雨》（"Jersey Rain"）

人　物

　　达雅

　　汤米

　　马克斯

　　维克

　　达雅和汤米可以在四十岁上下。

　　马克斯三十多岁。

　　维克应该在十几岁或二十出头。

地　点

　　夜间的巴士站，距离新泽西州伊丽莎白市一家工厂有四分之一英里远。

　　或者是曾经有工厂的地方，这取决于演出的年份。

　　本剧时间跨度为二十二年。2006年，达雅三十四岁。

对话标记

　　双斜线//表示话语重叠。

　　省略号……是主动沉默。

　　外语用斜体表示。

演出说明

本剧的演出不应设中场休息。

直到剧终，达雅才离开舞台。

表演说明

演员可能很容易去表现这些人物的生活境遇，结果却导致表演失去喜剧性。我希望观众能在笑中理解。

关于新泽西的说明

我所知道的新泽西是砾石和鲶鱼，是丢弃在停车场的空饮料瓶和啤酒罐。一片沼泽，一条公路，几座桥梁。几乎每个人都来自别的地方。而且，没错，他们不住在纽约是有原因的。

第一场

·

2014年冬

街灯亮起。

夜。四周一片黑暗。

星辰隐于雾霾之外，不能窥见。

巴士站。也许有一个褪色的标记。不过大概没有。

这是一个不断退化的世界。

冬天的寒意开始侵入。

两个人在争吵。达雅身着卫衣、围巾和连帽衫——清洁女工的服装。她背着一个大手提袋。斯拉夫口音。汤米在他的邮递员制服外套了一件泽西魔鬼队的外套。短裤。小腿上有一个部落图案的文身。

达　雅　你不明白你伤我//有多深。

汤　米　对不起!

达　雅　我该怎么面对这事? 要怎么处理这事?

汤 米 你要知道，那不是现在发生的。是另一个时期。

达 雅 是四个月前。

汤 米 我现在不一样了。上车。

达 雅 四个月来，你瞒着我，有多少次我们……自从你……
多少次？

汤 米 可不可以请你他妈的先上车？

达 雅 不是这周。这周不是做这事的好时机。

汤 米 我这周没做。这周已经被你发现了。
快上车吧。你不要搭那路巴士。

达 雅 我在这里搭过另一路巴士。

汤 米 我开车跟过你——那路巴士不是这路巴士，不是这个
街区，不是在这里等。

达 雅 我一直都搭那路巴士。自从工厂开业，我就搭巴士。

汤 米 哇哦，那是你曾经工作的工厂——？

达 雅 我们现在不是在闲聊。过去。回忆。别扯了。

汤 米 （努力）这怎么了//又？

达 雅 没事。
……

汤 米 好吧。你知道吗，达雅？你应该理解，人都会犯错。生
来如此。你信天主教。你知道。它就设计了人会犯错，
因为如果我们人人完美，谁他妈的还需要天主教？这
就是一个循环，一个系统。听着：我们控制不了这些

事，好吗？好吗？我们无能为力。如果你要为一个小错就把我钉上十字架，在我们，在我为你做了这一切之后，多少年了？如果你想这么做，达雅，那么……

我不知道。我只是认为你不该这么做，达雅。

比正常的停顿更久。

对不起。

达　雅　我也是。

　　　　而且你不知道自己在说什么。

汤　米　巴士不会来。太晚了。

达　雅　和那个有钱女人，嘿。祝贺你。

汤　米　你听到我说的了吗？

达　雅　会来的。

汤　米　好吧，会来，那又怎样？你在市场下车，然后呢，怎样？走路？你打算在这个点穿过纽瓦克，一个像你这样的女人？

达　雅　认识你之前很多年，我就是这么做的，汤米。你说的是什么样的女人？

汤　米　上车。

达　雅　不。

汤　米　达雅你他妈给我上车。

　　　　……

达　雅　你没有资格骂人。

汤　米　我们要去同一个地方。

达　雅　我到那里就打包。

汤　米　你不是要——

达　雅　不。你打包。

汤　米　我不打算——

达　雅　不。我。我走。

汤　米　是吗？开什么车？

达　雅　喂！我有过车。

汤　米　你现在没有，不是吗？

　　　　……

达　雅　我会找到人的。我会找到别人。

汤　米　在哪儿？

达　雅　我找到了你。我不是瞎子。我不蠢。我清楚知道自己
　　　　在做什么，所以我不蠢。我把你放在秤上掂量了一
　　　　下，我说，行吧。

汤　米　"行吧"？

达　雅　我四十二岁，已经结过两次婚：我没有时间犯蠢了。
　　　　所以我掂量你。好吗？那你告诉我，汤米，你有多
　　　　少次——

汤　米　知道那些有什么好处?

达　雅　多少次?

汤　米　为什么?

达　雅　四次? 五次? 每个月一次?

汤　米　你为什么要知道?

达　雅　有些数字我还能应付。有些可能不行。

　　　　……

汤　米　如果你离开,我不知道我会怎么样。

达　雅　五次?

汤　米　我一个人不行,你知道的。

达　雅　五次?

　　　　……

汤　米　五次。

达　雅　不是九次?

　　　　……

汤　米　九次。

达　雅　不是十二次?

汤　米　不是。

达　雅　不是十二次?

汤　米　不是。

达　雅　不是十四次?

　　　　……

汤 米 不是。

达 雅 你当着我的面撒谎。我这么擅长发现真相，为什么你还要当面撒谎？

汤 米 你就没犯过错？

达 雅 十四次不是//错误——

汤 米 ——一个很//大的错误——

达 雅 ——十四次就是职业了。

只要回答我一个问题。你想要我留下？

汤 米 对。是的，当然，我想。

达 雅 为什么？

汤 米 我爱你。

达 雅 不。我们不是在谈情说爱。

汤 米 好吧，你想知道为什么，那就是原因。

达 雅 你爱我，好吧，但你考虑离开。你，这么明显，你考虑——

汤 米 我没有计划//这样——事情就发生了。

达 雅 现在是我在说话。

一定有什么事比离开更让你害怕，所以你才留下。人会想象。一个人的时候，就想象可能会发生的事。在夜里，他们在头脑里勾画这件事。你想象什么？对我来说，就是当我在打扫她的房子——

汤 米 她知道你知道吗？就是那个——她已经知道了？

达　雅　如果她知道，有什么好处？我需要工作。而她——你知
　　　　道的——家里很脏。

　　　　不。她不知道。

　　　　你伤得我千疮百孔。

汤　米　对不起。你要我道歉到什么程度？我道歉。诚心诚意。
　　　　已经过去了。

达　雅　你想象的是什么？

　　　　……

汤　米　在夜里。在公寓里。当你工作到很晚，家里没有人。你
　　　　总是在工作。总是很晚。

　　　　四周没有声音。

　　　　那些念头就来了。

　　　　我一个人不行。你知道的。

达　雅　如果你不能往公寓里填个人，会怎样？

汤　米　我可以找到人。但问题不是找到某个人。

达　雅　这就是。

汤　米　不。不是的。你不要离开。

达　雅　在哪儿？你在哪里找人？在邮局？去别人家里？给她们
　　　　塞信？往她们的邮箱里塞你的信？"今晚见。"

汤　米　我从没给她塞过信。

达　雅　我说你塞了吗？

汤　米　那甚至不是我的线路。蒙特克莱尔。不是我投递的

线路。

……

如果你想一想……我是你交往过的人里最好的。

……

达　雅　该死的巴士。我走路吧。

汤　米　你走路，我就跟着你。喂——

　　　　　她开始走。他拽住她的胳膊，阻止她。

　　　　　别发疯。

　　　　　好吗？

　　　　　上车。

达　雅　你打算就这么抓着我的胳膊到什么时候？

　　　　　片刻。

　　　　　他放手。

　　　　　喘息。

　　　　　如果是我做了你对我做的事，会怎样？会怎样？

汤　米　我会跟你在一起。原谅你。很爱很爱你。

达　雅　你会跟我在一起。当然了，因为我照顾你的生活。我
　　　　　为你煮饭，打扫，躺下让你睡。我发出声音。安逸的生

活。你可以为所欲为，因为我会让你睡。你当然会跟我在一起。

汤　米　你是这么想的?

达　雅　我掂量你。

汤　米　那不是我的想法。

而且，实际上，你躺下会打呼。

不用客气。

达　雅　不，是你不用客气。

一切都可以改变。有一天你回到家，也许就没有人在那里了。

一切已经改变。

所以你现在会给我什么?

汤　米　什么?

达　雅　你会给我什么。让我留下来。因为你爱我。很爱很爱我。

你认为你可以为所欲为，和你想要的人过一夜。一小时。十分钟(我了解你)。但每个人过后都要回家。

汤　米　"每个人"是什么鬼? 只有一个人。

达　雅　我知道她有自己的家，有孩子和丈夫——有钱的丈夫。

可你呢? 你有什么?

汤米吸一口气，准备回答。

没有回答。

好吧。那你会给我什么？

……

汤　米　我可以……试着更加体谅你——

达　雅　不。这是骗人的鬼话。我要具体的。具体。我要的是你
　　　　给我多少。

汤　米　什么？

达　雅　我要的是数字。数目。钱。
　　　　你不是我的痴心恋人，好吗？你不是可以用鬼话哄我
　　　　的痴心恋人。

汤　米　你是我的。你是我的痴——

达　雅　我们不是在谈情说爱！我不相信"体谅"。我不相信
　　　　"试着"。我相信自己手里的三千美元。

汤　米　三千？！

达　雅　美元。在我的银行账户里。我能相信这个数字。

汤　米　三千？

达　雅　最少。

　　　　……

汤　米　我给你三千美元，你要拿它做什么？

达　雅　付账单。

汤　米　不是车？不是买辆车？

达　雅　也许。也许我会买车。

汤　米　你根本不知道他在哪里。

　　　　……

达　雅　我买什么不要紧。

汤　米　要紧，如果你打算拿了我的钱就跑。

达　雅　你有三千美元？

汤　米　那不是重点。

达　雅　我认为重点是你想不想我留下。你没有孩子，没有房
　　　　子，只有一张信用卡。你有的是汽车贷款和房租。

汤　米　房租的大头。

达　雅　这就是你的所有。我给你买菜做饭。洗衣服。避孕！避
　　　　孕要花钱！你多好啊，只要担心自己，没有孩子，只给
　　　　自己//花钱——

汤　米　亚历克斯二十五岁——

达　雅　二！二！亚历克斯二十二岁！两个二，很难记吗？

汤　米　二十多岁，在我看来，就是个大人了。如果他想离开，
　　　　他就会离开。他已经离开了。

达　雅　他不该离开！你有三千美元。你有不止三千美元。对
　　　　你来说三千美元是什么？没什么。对你来说什么都
　　　　不是。

　　　　……

　　　　我会回来。好吗？

汤 米　你不知道他在哪里。

达 雅　所以我才需要三千美元！一千用来买车，我才能去找
　　　他，还有两千也许看他需要什么。

汤 米　戒毒？

达 雅　无论他需要什么。

汤 米　我跟你说过，我可不想给某个无赖的孩子花钱。

达 雅　不，你是给我花钱。你付钱给我，让我制造声音。

汤 米　你知道戒毒要花多少钱吗？因为那孩子需要的就是
　　　戒毒。

达 雅　我可以找便宜的地方。听着，你伤得我千疮百孔。你
　　　夺走了我生命中最后的美好时光——

汤 米　我们在一起时你三十五岁。

达 雅　你知道我前三十五年有多惨。
　　　你不想给我儿子付钱，汤米？好吧，没问题。那就你为
　　　我付钱，而我赚的钱，我给儿子花。没问题。我以前说
　　　行，现在也说行。而现在我需要车。

汤 米　我不会出钱让你去找他。操，好让他从我这里偷东
　　　西，破坏我们的家。门都没有，我倒很想再见到警察。
　　　重新建立联系。我真他妈喜欢。

达 雅　为了工作，我需要钱买车。

汤 米　不行。如果我给你钱，我是付钱让你留下来。我的意
　　　思是，我资助你。我付钱不是把你当作……我不是付

钱给你。这是我为你提供资助。因为你知道吗？达雅，我尊重你。你努力工作。我尊重你。你出生在那里，不是你的错。你摸到一副烂牌，不是你的错。那些集体主义啊纳粹啊，都是狗屎。可是你来到了这里。勇敢者的家园。让勇敢的人有一个更好的家！即使你知道你会落后，你还是来了。这怎么说？尊重。凭这个，从我这里，得到了尊重。所以如果你需要钱，我可以给你钱。我可以帮助你。不多，不是三千美元。但你要留下来。

……

达　雅　多少？

汤　米　你瞧，在这里多难看。这种事说起来就很糟糕。

达　雅　多少？不然我明天就搬走。

汤　米　你总是威胁要搬走。

达　雅　那你就听着。

汤　米　你从来没有真的去做。

达　雅　这次不一样。

汤　米　行。好吧，可是为了一个错误？为了一个错误，你就要把一切都毁了？

达　雅　我数了，四个月里跟她十七次。2013年一次。2012年三次，不过那是跟别人。"艾利森"。2011年也是另一个人。"考特尼"。这还只是我知道你去见她们的次数。

你的手机有监听。

自从我知道你有问题，就给它装了监听。

每周一我听收集到的录音。在我打扫琳达家的时候。

……

汤　米　我的手机设了密码。

达　雅　你妈的生日。倒过来。她的生日倒过来。

……

汤　米　你没法监听手——

达　雅　有应用程序。

……

……

汤　米　那你知道……到底多少？

达　雅　我从2010年开始。从那时候开始收集我掌握的东西。

汤　米　然后你一直等到现在。

达　雅　我受够了撒谎。

汤　米　为什么你要等到现在？

达　雅　我受够了你撒谎。

……

……

汤　米　你就一直耿耿于怀？为了告诉我你知道？为了什么？

　　　　为了这么一个阴雨天？

达　雅　你付不付钱?

汤　米　亚历克斯走了。他——

达　雅　不，//这不是关于——

汤　米　——他以前没有离开过。他搞砸事情。各种事。折磨
　　　　你。我。但是他从来没有离开。所以你在等待，嗯? 直
　　　　到，直到你需要帮大忙? 直到你实在需要应急脱困?

达　雅　只是赶上这状况。

汤　米　他让你哭。

达　雅　什么?

汤　米　哭得比我见过的女人都惨。他让你哭，为什么你还抓
　　　　着他不放?

　　　　……

达　雅　两千。就买车。

汤　米　我就不会那样。我不让你哭。

达　雅　一千就行。

汤　米　我没有偷你的车然后跑掉，多久? 三天? 不打电话。所
　　　　以你得坐两路巴士去上班。在这个鸟不拉屎的地方。
　　　　我不会那么做。

　　　　应该监听他的电话，嗯?
　　　　……

达　雅　好吧。

我明天离开你。

汤　米　是吗？巴士什么时候来？你的巴士在哪里？

　　　　……

　　　　嗯，达雅？你的巴士呢？

　　　　……

达　雅　只要一千。

　　　　汤米。

　　　　十七次。在四个月里。

　　　　你欠我的可不止一千美元。

汤　米　我有你的照片。

　　　　我有你做那事的照片。对我做的。我有视频。还记得
　　　　那视频吗？我说我删了。我还留着。

　　　　我可以拿给别人看。

　　　　当你有实打实的把柄，就可以开始提要求了。

　　　　上车。

达　雅　（尝试）这里没人认识我。

　　　　给他们看。

　　　　（挑战）这个国家没人认识我。

　　　　……

　　　　就——就一千？

第二场

·

1992年夏

蝉鸣声。

达雅和马克斯。他们穿着长袖衬衫，袖子挽起来。这是制服。带标签。有汗渍。一个炎热的夜晚。马克斯和达雅来自同一个国家。

他们在数自己的零钱。这是他们的游戏。他们轮流从各自的口袋里拿出一个硬币，即每轮各拿一个硬币。现在他们面前放着一小堆硬币。

达雅从口袋里取出一个硬币，放下。
然后马克斯从口袋里取出一个硬币，放下。
就这样，游戏开始了。
赢家今晚会得到一次性服务。

马克斯　五。
达　雅　……十。

马克斯　二十。

达　雅　十四五。

马克斯　嗯。四十。

达　雅　啥?

马克斯　是四十五。

达　雅　("你混蛋")对,对。四十五。二十、三十、四十,对。

马克斯　五十。

达　雅　六十。

马克斯　八十……五。

达　雅　一百……一十。

马克斯　一百……一十五。

达　雅　哦。接近了。

　　　　……

　　　　一百……二十。

马克斯　一百二十……一。

　　　　……

达　雅　二十六!

马克斯　(不相信)不是吧,*妈的*①……

达　雅　我赢了! 一百二十六!

马克斯　不不,夜里巴士票价高。

————————

① 此处及以下斜体原文为波兰语。

达　雅　不不，我赢了!

马克斯　对对。你赢了。

达　雅　兑现吧。

马克斯　现在，兑现?

达　雅　我没看到有人。

马克斯　真的? 现在? 这里?

达　雅　你看到有人吗……

他跪下来。她喜欢这样。

马克斯　好吧，我今天要给你做的//是——

达　雅　你得练习——

马克斯　那今晚我——

他的双手抚上她的大腿。

我要把你融化，女人——

达　雅　练习——

马克斯　我不知道用英语怎么说——

达　雅　说：今晚你让我快活。

马克斯　今晚——

达　雅　因为我赢了。

马克斯　因为你赢了，今晚我让你//快活。

达　雅　今晚你让我快活。

马克斯　（这周第五次）又一次。

达　雅　（没错）又一次。

马克斯　（一点不错）又一次。

达　雅　（纯粹的快乐）又一次！

马克斯　你太会玩这个游戏了。

达　雅　你不会玩这个游戏，对我来说就太好了。

　　　　他们亲吻。

　　　　一辆车经过，冲他们摁喇叭，想要取乐。

　　　　他们都对它竖中指，嘴巴却没有分开。

　　　　你觉得有钱人玩这个游戏吗？

马克斯　他们有别的游戏，有钱人。

　　　　他们亲吻。亲得有点太久了。

达　雅　*马克修，等等。*

　　　　今晚是特别的一夜。

马克斯　（还抱着她，亲吻她的颈项）是啊。

达　雅　不，不是……我是说是的，不过——今晚我有事要告
　　　　诉你。

　　　　看我包里有什么。

马克斯　现在？

达　雅　现在。

马克斯　……现在？

达　雅　现在！

　　　　　　他看她的手提袋。

　　　　　　看她。

　　　　　　看包。

　　　　　　看她。

马克斯　你买了这个？

达　雅　搞笑。

马克斯　你……

达　雅　……租的。只有今晚。为了这特别的一夜。

　　　　　　马克斯从包里掏出一件精致的睡衣。

马克斯　谁的？

达　雅　我干活那家的女人的。

马克斯　那个女人？那个疯子？她都有一百岁了，你为什么要
　　　　这个？而且她是个疯子。

达　雅　她是病了。

马克斯　她是疯病。

达　雅　她不穿这个。这是她刚结婚时的，那时她才十九岁。

我刚结婚，我二十岁了，所以我现在才拥有这样的东西其实已经很晚了。我在一个贴着胶带的盒子里发现的。这些人总是把美丽的东西扔掉。她不能扔掉这么美丽的东西。你瞧瞧。

他抚摸睡衣。柔软如花瓣。

只有今晚。她永远不会知道。

马克斯 万一她知道了呢?

达 雅 ……她疯了。

只是今晚。

马克斯 她疯了?

达 雅 你话太多。今晚你不能说这么多话。

她拿睡衣在身上比画。

马克修。

马克斯 拿回去。

达 雅 为什么?

马克斯 我希望你穿适合自己的衣服。

达 雅 这不适合我?

马克斯 对,这不适合你,是你偷来的。

达　雅　那好吧，我还回去。过了今晚。

马克斯　*不，达雅，你不明白——*

达　雅　说英语。

马克斯　（**不理会**）啊。

达　雅　不说英语，你哪里都去不了。

马克斯　是吗？我在这里一直都说英语。自从我来到这里，我
　　　　就说英语。你知道还有谁说英语吗？整个国家的人。
　　　　你在这个国家说英语一点都不特别。

　　　　你不能像某些人渣一样拿东西。把它送回去。

　　　　……

　　　　我给你买一件。

　　　　总有一天。

　　　　他们沉默地站着。

　　　　然后他取出酒瓶。大口喝酒。

　　　　你要吗？

达　雅　不要。

马克斯　你生气了？

达　雅　我只是不想喝酒。

马克斯　为什么？

达　雅　就是不想。

马克斯　你偷东西，但是不喝酒。这是什么道理？

达　雅　为什么那不适合我？

马克斯　你没有买下来。

达　雅　如果是她给我的呢？

马克斯　她没有给你。

达　雅　她把它扔掉了，那就和她给我是一样的。我有时候穿她的衣服。推轮椅的时候，我戴她的帽子，如果她转过头来，我可以迅速摘掉。给她采购食品的时候，我戴她的丝巾。还有当我带着她的账单去邮局的时候。有时我甚至穿着她的裙子在中央公园散步——就一小会儿。漂亮的裙子。蓝色的。进门擦拭家具前，我脱掉裙子。但是大街上的人……生活中的人……不知道为什么，他们总是知道我是谁。我穿着她的衣服，可是……

　　　　马克斯。

　　　　你认为我们为什么看上去很穷？

马克斯　因为我们看上去不富。

　　　　你等着。有一天你会有个有钱的丈夫。

达　雅　你要和我离婚？

马克斯　你不好笑。

达　雅　我好笑。

他掏出一支烟，点上。

马克斯　要吗？

达　雅　不要。

马克斯　不要？

达　雅　不要。

马克斯　不要？

达　雅　不要。

　　　　……

马克斯　不要？

达　雅　不要！

马克斯　你怎么啦？

达　雅　太热了。

马克斯　抽烟太热？

达　雅　对，太热不想抽烟。

马克斯　你还好吧？

达　雅　我很好谢谢你呢？

马克斯　（随你便）好吧。

他抽烟。

他们向外张望，等巴士。

迟了，是吧？

达　雅　（害怕，吃惊）什么？

　　　　……

马克斯　巴士。

　　　　迟了。

　　　　是吧？

达　雅　是的。

　　　　迟了。

　　　　巴士。

　　　　马克斯抽烟。

　　　　我喜欢这个味道。

马克斯　你可以来一根。

达　雅　不。我不能。

马克斯　为什么不能？

达　雅　不。

　　　　……

马克斯　这种等待毫无意义。我想要辆车。

达　雅　对。

马克斯　总有一天。

达　雅　我想要房子。

马克斯　也许吧。

达　雅　　你不想要房子?

马克斯　我想知道我们可以去任何想去的地方。

达　雅　　（不笑）芝加哥?

马克斯　（微笑）芝加哥!

达　雅　　不要那么做。

太迟了。马克斯已经掏出了他的口琴。

他吹口琴。

他唱起果酱乐队《红得像砖》的副歌——一首波兰布
鲁斯歌曲。

他唱得很好。他熠熠生辉。

然而达雅毫无反应。

就好像他已经第五百次这样做了。

马克斯　（唱）红得像砖——

达　雅　　（习以为常）好。

马克斯　（唱）——热得像火炉,

　　　　　我必须拥有,//我必须拥有——

达　雅　　好吧。

马克斯　红得像砖,

　　　　　热得像火炉,

操他妈的巴士，

哦耶，操他妈的巴士。

他吹着口琴，带动她跳舞。她不由自主地享受这一切。他抚上她的头发、她的颈项。这支舞变成亲密的慢舞。他对她哼唱这首歌，唱得更慢。这个场景很美妙。

然后她从舞蹈中脱身。

达　雅　是，很好。你唱得很好。不是全世界最好，不过很好。

马克斯　我和克林顿，总有一天我们会同台。

达　雅　有意思：墙倒了，美国梦来了。现在，每个人都觉得自己可以当明星。有意思。

马克斯　梦只是美国的？

达　雅　布鲁斯是美国的。

马克斯　好吧，不过这首歌是用波兰语写的。

达　雅　没人听得懂。

马克斯　他们会听懂的。这是布鲁斯。这是芝加哥。

达　雅　芝加哥有黑人演奏布鲁斯。

马克斯　瞧？那我就可以成为新事物。

　　　　你唱。

达　雅　我不是歌手。

马克斯　你不是歌手，但你可以唱。所有人都可以唱。你不能唱就意味着你死了。

达　雅　我在工厂上班。那是我做的事。我给老女人打扫。

马克斯　还偷她的衣服。别告诉我你不想要更多。

达　雅　是的，马克斯。我非常想，想要更多。

马克斯　这就是我们要去芝加哥的原因。我可以一辈子在这个
地方搬东西。可是一首歌呢？一首好歌呢？
你知道所有好音乐都来自穷人。

达　雅　如果不成呢？

马克斯　什么？

达　雅　你的一首歌？
好歌？

这是她第一次这么说。

马克斯　会成的。

达　雅　我们现在要做什么？

马克斯　为什么有这么多问题？

达　雅　我只是认为我们应该思考。

马克斯　思考什么？

达　雅　思考如果……思考如果可能……万一……

马克斯　什么？

达　雅　我们需要更多钱。

马克斯　因为你想要——像这种东西（指睡衣）？

达　雅　我们不能一直像现在这样生活。我们需要钱。现在就要。

马克斯　好吧，可我还能做什么？我说英语。我有工作，我一直在工作。而且我长得好看。

达　雅　这是什么意思，你——

马克斯　在美国，如果你长得好看，他们就给你工作。把两个人放在一起，都说英语，你瞧吧，我们老板会选好看的那个。你不能丑，否则就会挨饿。也不能胖。永远不能发胖。

达　雅　阿尼亚不漂亮——不再漂亮了——而她有工作。阿尼亚失去了胳膊，而她有工作。因为她有工作，她才失去了胳膊。因为她失去了胳膊，她才保住了工作。有趣的算术。

马克斯　（"别说了，也许该到此为止"）好吧——

达　雅　你见过她？他们从她这里（指肚子）取了皮，用来重新造胳膊。我见到她的……她怎么叫这个来着……按钮。握手的时候，我见到她新胳膊上的按钮。

马克斯　不过她得到了钱。他们对这事负责。

达　雅　她得到了钱，但也不是那么多钱。不值一条胳膊。她可以继续在工厂上班。和我们一起。好极了。

马克斯　（环顾四周）好吧，也许现在还不是//最好的时机——

达　雅　这儿都是波兰人，你以为讲波兰语可以瞒住谁？

马克斯　　好。你知道吗？也许你忘了应该怎样对待我。

达　雅　　也许你也忘了。你想做大人物？让我像对待大人物一
　　　　　样对待你？好。那我想要更多，马克斯。我需要保险。
　　　　　公寓。地下室之外的公寓。汽车。我要汽车。

马克斯　　好。

　　　　　总有一天。

达　雅　　我最想要的是汽车。

马克斯　　这真是悲惨的生活。

达　雅　　总有一天，你不得不收起这些歌。

　　　　　马克斯又点了一支烟。

　　　　　别在我身边抽烟。

马克斯　　你说过你"喜欢"。

达　雅　　我不想你在我身边抽烟。

马克斯　　只要你不惹毛我，我就不抽。

　　　　　这就是你今晚要跟我说的？有多少东西我没有给你？

　　　　　谢谢你。

　　　　　太谢谢你了。

　　　　　他们沉默地站着。

　　　　　　　　　　　　　　　　　　　马蒂娜·迈欧克剧作集

现在我脑子里就是音乐。你应该知道的。当巴士晚点，或者看到有人皮肉撕裂的时候，我就想音乐。或者当我的妻子告诉我，我什么都不是的时候。

不要试图把它夺走。

他们又分开站了一会儿。面对着前方。
然后她向他移动。靠着他，握住他的手，用他的手环抱自己的腰。但总有些别扭。
他们凝视前方。

拥有这种东西是好事。出于某种原因，你认为这是坏事，但它是好事。我观察人。歌手们。不是在这里，因为我们不去什么地方，只是……在家。我观察他们唱歌时的表情。他们有时看起来……很痛苦。闭着眼睛。张大鲜红的嘴巴。也许你没看到，但我看到了，这是……他们身体里的什么东西……当他们唱歌的时候……那东西就像从他们身体里逃了出来。离开他们的嘴巴，那是使他们内心发红、像在燃烧的东西。火热，响亮，也许是坏东西。

想想看，如果他不能释放出来，他会做什么事。

也许是坏事。

我从破烂地方来，好吗？而且我——

达　雅　我呢？

马克斯　我们来到破烂地方。但是我们拥有某些东西。我们不只是身体。抬，拉，推。我们不止如此。

达　雅　没人为这个"不止"付钱。

马克斯　你可以烧钱。去吧，两秒钟。钱什么都不是。很重要。但什么都不是。人生中最重要的是你拥有任何人都夺不走的东西。

达　雅　我想不出有什么是别人拿不走的。

马克斯　那你就创造一个。在这个世界上完全属于你的东西。别人要拿走，你就抗争。

达　雅　我在抗争。

马克斯　汽车会坏。

……

我有音乐。人们需要知道这一点。

达　雅　我知道。

马克斯　这个国家的人需要知道这一点，那样我就不会从这个世界消失，就像什么都没有发生过。

达　雅　我知道。我认识你。这里我只认识你。整个国家。在这整个国家，真的，我只有你。

马克斯　我可能会遭遇很多事。

……

不要试图把它夺走。

他抽烟。她看着他。

……

达　雅　我们这星期需要钱。一点额外的钱。

马克斯　瞧瞧？又是钱。从头到尾，就是说钱。

达　雅　这星期，我们需要。

也许几个月的钱。

马克斯　为什么。

达　雅　看医生。

……

马克斯　你病了？

达　雅　没有。

……

……

……

马克斯知道了。

他看她。

看前方。

一张忧虑的脸。

他们看着前方。

……

达　雅　巴士来了。

第三场

·

2014年冬

汽车前灯。

汽车喇叭从远处响起。一辆车驶近，驶近。滑行。停车。

车门打开，砰的一声关上。

汤米穿着邮局制服上场，疲惫不堪。

汤　米　操，你怎么回事？！

达　雅　你没有停车。

汤　米　如果我没看见你呢？天都黑了！

达　雅　你有车灯。

汤　米　你他妈到底有什么问题？

达　雅　你很高兴没有打我？

汤米喘气。

汤　米　我可以//他妈的——

达 雅　我知道你可以做什么。冷静。一切都没问题。

　　　　你好吗？

汤 米　你他妈开玩笑？

达 雅　冷静。

汤 米　你为什么站在马路中间？！

达 雅　我知道你从那条路回家。

汤 米　你就不能在家等我？

达 雅　我站在巴士站，你开车从我面前经过，两个晚上，你
　　　　都没有停下来让我搭车。

汤 米　你说过不要搭我的车，说得很清楚。

达 雅　**你的听力到底有什么问题？**

　　　　……

　　　　你好吗？我拦住你，就是要问你好吗。我们已经两天
　　　　没有说话，我到家你也不打招呼，什么也没有。所以，
　　　　你好吗？

汤 米　你就是这么道歉的？

达 雅　谁道歉？我？

汤 米　（转身向他的车走去）对。

达 雅　**汤米你好吗？**

汤 米　（转身）我饿了。我刚下班。

达 雅　你晚饭想吃什么？

汤 米　我们是在过家家吗？

......

晚饭我有安排了。我回来换衣服。

达　雅　你去哪儿?

汤　米　意大利馆子。

达　雅　哪个?

汤　米　不说。

达　雅　跟"琳达"?

汤　米　我的新密码很好,是吧?

　　　　对。跟琳达。

达　雅　嗯。琳达。豪华吗?

汤　米　你跳到我的车前,就是要我推荐餐厅?

达　雅　为什么不? 既然你是行家。

汤　米　如果你不能接受我做的事,你可以离开。你可以打包
　　　　走人,就像你一直威胁的那样——

达　雅　我不想离开。

汤　米　那你是想让我离开?

达　雅　不是。

汤　米　你知道我在做什么,你不想让我离开?

达　雅　不。

汤　米　你要问我问题,我去哪儿? 哪个意大利馆子?

达　雅　不……我只是——

汤　米　什么? 你要去那儿,朝她喷辣椒水,还是什么?

达　雅　不是。

汤　米　殴打她？我知道你。

达　雅　不。我只是……

好奇。

我喜欢

想象。只是好奇。

你会吃什么？

汤　米　我还不知道。（真的想了一下）意面。

达　雅　你为什么这么问？为什么你认为我会这么做？这么
刻薄？

我不是这样的人。暴力。我不会对别人"喷辣椒水"。

汤　米　行。你说得对。

达　雅　我可以做别的事。

……

汤　米　你做了什么？

达　雅　你知道我失去了一切吗？

汤　米　等等，你做了什么？

达　雅　所有的房子，我失去了。所有的工作。她打电话给我
的每个雇主。每一个。她告诉他们我搞"破坏"。
我"破坏"东西。是，好吧，可她没有告诉她们为什
么，为什么我"破坏"东西。

汤　米　你对琳达做了什么吗？

达　雅	不是对她，不是对那个蠢女人做的。是对她的东西。她的衣服。胸罩，内裤。裙子。//几条裙子。
汤　米	达雅。
达　雅	我还喝了她的酒。灰尘最多的那瓶。
汤　米	你对她的东西做了什么？
达　雅	你以为呢？我烧了。
汤　米	烧了？你把它们烧掉了？
达　雅	对，烧掉。烧完。没了。
汤　米	那女人是个百万富翁，//你只是烧了她的东西？
达　雅	她的丈夫是百万富翁，//而她只是他家里的脏货烂货——
汤　米	老天——还在烧吗？
达　雅	烧起来很美。她的衣服也很美。开始我想，也许我可以留着这些衣服，但是接着我想不行。我不知道她穿着这些都干过什么。脏货烂货。 她想要我清理房子？ 我清理了那婊子的房子。 达雅觉得这太好笑了。直到她笑不出来。 汤米看着一个女人笑谈纵火。
汤　米	这对你来说很好笑？
达　雅	汤米，我失业了！

汤 米　你想过你会失业吗?

达 雅　我没有工作了!

汤 米　欢迎来到美国。再找一份。

在某个时候，汤米拿出手机打电话。

达 雅　怎么找? 请告诉我怎么找。你看到这里的人去上学，上很多年学，然后现在也没有工作。我能做什么? 连脏活也没有了。瞧瞧那儿。瞧瞧那儿的工厂。空了，只剩玻璃碴。这里没有工厂，什么也没有。没有汽车。我能做什么?

汤 米　也许你应该卖掉她的狗屁东西而不是烧掉。

　　　　……

达 雅　你知道吗?

　　　　对。

　　　　妈的，没错。我应该卖掉。

汤 米　也许上了保险。

达 雅　妈的。

这令人清醒的现实让达雅有点失魂落魄，她望着工厂的废墟，对正在打电话的汤米说话。

这些人，如果可以的话，他们会把房子送到中国去打扫。可是我们一直干到崩溃。干到工厂倒了，要么我倒了。我工作，我几乎不——

汤　米　（在电话里讲一段挑逗的留言）嘿，这里是，呃，泳池小伙。打电话来是，呃，问问你的泳池。就是确认一下还是由我照料你的泳池。今晚。（格外性感）给我回电话。

　　　　他挂了电话。达雅看着他。

达　雅　汤米——

汤　米　听着，我并不欠你任何东西。除了租金。我们还住在一起的时候，我欠你一半租金，今天早上我放桌上了——

　　　　她突然吻了他。

　　　　他没有躲开。

　　　　但也没什么反应。

达　雅　你什么时候见她?

汤　米　我有时间。还有一点时间。

达　雅　你可以从其他任何一条路回家。可是你开到了这里。在我的巴士旁边。在我站的地方。

汤　米　这就是回家的路。

达　雅　你从车里出来了。

你是要我吃醋吗？嗯，泳池小伙？

汤　米　怎么，你吃醋吗？纵火犯？

　　　　……

　　　　……

达　雅　那你好吗？

汤　米　好。总的来说。很好。

　　　　……

　　　　……你呢？

达　雅　好。

　　　　总的来说。

　　　　……

　　　　工作呢？

汤　米　哦，工作嘛——你知道的。

达　雅　他们，可能他们在，招人？在……邮局——？

汤　米　没有。我想不会，没有。预算砍了。到处都在砍预算。
　　　　大家也不寄信。我很幸运还能……你知道的。该死的
　　　　互联网。

达　雅　是啊。

汤　米　该死的电子邮件。

达　雅　是啊。

　　　　她再次吻他。也许这个吻他有所回应。

我会做意面。

我们回家吧。

汤米考虑。他明白她在做什么。他很矛盾。

他轻轻地挣脱她的怀抱。对他来说，要问她这个问题并不容易。

汤 米　你想要待在这间公寓里？

达 雅　我——什么？

　　　　我，是的，我想我应该还够，可能，够付下个月。

　　　　不过，也许你可以——

汤 米　我是说，之后。就是说下个月后，你还会在那儿吗？

　　　　在租约到期后。

达 雅　我不得不。

汤 米　不得不？

达 雅　对，不得不。

汤 米　"万一他回来了"？

达 雅　他不接我的电话。

　　　　如果亚历克斯回来，我应该在那儿。

汤 米　你去警察局了？

达 雅　对。

汤 米　是报孩子失踪还是汽车失窃？

达 雅　失踪。

汤　米　应该报汽车失窃的。

达　雅　我想//他——

汤　米　车永远不会搞垮你。

　　　　……

达　雅　我很想他。

　　　　……

汤　米　听着，我很抱歉我要说的话，不过我……只有几个星期了，我们就必须决定。听着，你付得起房租吗？

达　雅　我说了我想我——

汤　米　付全部？

达　雅　为什么？

汤　米　因为我不打算赶你走——

达　雅　你为什么要赶我走？

汤　米　我说了我不会，我不会赶你走。

　　　　不过——

达　雅　什么？

汤　米　就是，你付得起房租吗？

达　雅　……可以。

　　　　不管怎样。

　　　　也许吧。

　　　　汤米，我没有车，我可以去哪里？我怎么搬走呢？

汤　米　还有货车。卡车。

　　　　　　　　　　　　　　　　马蒂娜·迈欧克剧作集

达 雅 行吧，我哪里有钱？再说我还有东西，公寓里还有我的大件东西。

汤 米 不多。家具是我的。

达 雅 你想做什么？

汤 米 我需要知道是开始找地方还是——

达 雅 为什么你要找地方？

汤 米 你知道吗？我正要开始找地方。我不需要那个多余的房间。那样可以省点钱。我找我的，你可以告诉我你想干吗。或者告诉吉米。你可以和吉米谈谈租约。

达 雅 为什么谈租约？为什么谈钱？家具，数目。为什么谈这些事？总是这些事？

汤 米 不然谈什么呢？

达 雅 谈……别的。

汤 米 别的什么？

达 雅 好。好。你是在戏弄我。

汤 米 我不知道你在说什么，"别的"。你监听我的手机。你破坏我女朋友的东西——

达 雅 女朋友？

汤 米 而且你白吃白喝。

所以别的什么？你还要别的什么？

达 雅 我不知道。

汤 米 好吧。如果你不知道，我也不知道。

达　雅　　我第二任丈夫会说这种话。

汤　米　　他说话？我以为他只会把你打得屁滚尿流呢。

　　　　　……

　　　　　对不起。对不起，我是个混蛋。我只是，我受不了你为我操的心了。

达　雅　　比如说？

汤　米　　如果我们拥有的是不同的，你和我——

达　雅　　我们在一起六年多，将近七年。

汤　米　　是住在一起六年多将近七年。

达　雅　　那就什么都不算？

汤　米　　我不知道。你告诉我。那是一个真的吻吗？

　　　　　你是真的在吻我，还是在向邮局递交申请？

达　雅　　是真的，汤米。

汤　米　　好吧，我不知道。我们之间现在有些问题，我不知道。

达　雅　　那和你现在的"琳达"有什么关系？这是真的？

汤　米　　我不清楚。

　　　　　目前为止。

　　　　　不过我想要弄清楚。她的婚姻不幸福，而我们//已经——

达　雅　　（"够了"）好吧。

　　　　　（"你个白痴"）好吧。

　　　　　……

（明白他是认真的）好吧。

汤　米　你现在不必告诉我，不过，

　　　　让我知道你想干吗。怎么处理公寓。

　　　　好吗?

　　　　对不起。

他看着她。

她转开视线。看向工厂。

达　雅　那间工厂曾经有一个女人——

汤　米　达雅。

达　雅　他们关了工厂。人们开始离开，或者被赶走，现在他
　　　　们只是……一切都来自中国，所以——

汤　米　是啊，这种事情也是常有的。听着，我得//去——

达　雅　我很快说完。六年多，将近七年……然后你……然后
　　　　你可以……

　　　　曾经有个女人。我的朋友。她是我的朋友。她，有一
　　　　天，她的袖子卷进了机器。那是造纸厂，她在切纸的
　　　　机器上干活。机器像切纸一样切了她的胳膊。一层层
　　　　的。像纸。只剩下骨头。

　　　　他们告诉过我们，在第一天，他们就说要当心这台机
　　　　器。他们说，我们要格外当心，我们必须害怕这台机

器。它可以对我们做很多事。我们必须一直害怕，这样我们就不会睡着，就不会有事。

那个地方那么吵，我们都戴耳塞。所以当她尖叫的时候……我们没有听见。
没有人听见。

我问她，她怎么会让这事发生自己身上。她怎么可以忘记害怕。

她跟我说，她不记得当时在想什么了……可是她记得有一刻她在想些什么。

她没有告诉我想的是什么。可是我知道。

她想的是她不在这里。

她在想别的地方，别的东西，那些不属于她的东西。要不然，她会看到她的袖子被卷住，她的手臂被切断。因为那是她所在的地方，她在这里。就像我一样。

我不是好人。我也不是一个好人。我不知道我以为自己是谁，才对你说那些话。我不知道我为什么要评判你。你以前也帮过我。你在我困难的时候帮过我。在我第二任丈夫之后。在他……

我不知道下个月我要怎么过。我要怎么……如果我不得不搬家……我……我……我不知道该怎么做。真的。我……我不知道。

对不起。我对你做了坏事，对不起。

比正常的停顿更久。

我非常爱你。

……

汤　米　我得走了。

达　雅　我们可以去吃晚饭吗？

汤　米　我已经要去吃晚饭了。

达　雅　明天？

汤　米　我要继续跟这个女人见面。

达　雅　……

汤　米　我不会中断。

达　雅　……

汤　米　我喜欢她。

......

那样也不会让你困扰吗？

......

......

达　雅　不会。

只是也许有时候我们可以去吃晚饭？

汤米的手机响了。

铃声持续。

他不愿当着达雅的面接电话。

达　雅　接电话。

......

......

接电话。

铃声持续，直到自动转入语音信箱。或者他将电话切
入语音信箱。

她的车超过你三年挣的钱。你以为会发生什么？她为
了你和你的本田离开丈夫？

汤　米　（*动身离场*）祝你有个//愉快的夜晚。

达　雅　（跟着汤米）她搬来跟你住？你有什么可以给这个女
　　　　人？你以为你有什么特别？

汤　米　眼下我又不这么做。

　　　　达雅挡在汤米面前，阻止他离开。

达　雅　你知道你是——喂！——你知道你是什么？你是她的玩
　　　　具。泳池玩具。她很无聊，你就出现了。"女朋友"？
　　　　你他妈做梦呢。你对她来说也就是这样了。永远不会
　　　　更多。

汤　米　你说完了？

　　　　达雅攻击汤米。

　　　　他制住她。

　　　　把她从身边推开。

　　　　他们分开站着。

　　　　这种情形之前从未在他们之间发生过。

汤　米　别他妈想不明白。

达　雅　什么？

汤　米　为什么你的人生变成这个样子。

汤米动身下场。他想起什么。

三个星期。

达　雅　别担心。我今晚就走。

……

汤　米　那好吧。

自己当心。

汤米下场。

第四场

•

2006年秋

深夜。舞台应该让人感觉有些不同。

达雅上场。她的脸上布满淤青。

她看起来仿佛路远迢迢来到这里。
她可能只是从街对面的工厂过来，
但是看起来饱经风霜。

她寻找一些纸板和碎片来做床。一个肮脏的轮胎成了她的枕头。

她脱下外套，把它放下，躺在上面。
太冷了。
她又把外套穿上。
她摘下围巾，放在轮胎上，垫住她的脸。
正要躺下时，她想起了一件事。

她拿出一小支蜡烛和一个打火机。

点燃蜡烛。

把它放在身旁。

她划了十字。

然后躺下。

一辆车经过。

车停下。

车开走了。

一个年轻人上场。维克是个青少年。戴无檐帽，穿连帽衫、牛仔裤。身上有文身。在层层包裹之下，他身体孱弱，但是举止硬派。他上场时正在琢磨手中的东西。

他看到地上有一个人，迅速把东西塞进口袋。

他向达雅走去，要保护他的这个地盘。他站在她面前。

维　克　喂。

喂，哥们。

喂，哥们，你好吗？

你还好吗？

你死了？

达　雅　拜托，没死。

维　克　（看到是女人）哦，见鬼。

达　雅　拜托。

维　克　（看到她的脸）哦，见鬼。

达　雅　拜托，我没钱。

维　克　是啊，我看出来了。

　　　　听着，你今晚不是要在这里睡觉，对吧？我现在要告诉你，这个主意可不聪明。

达　雅　什么？

维　克　喂，别哭啊。

达　雅　是我的脸疼。

维　克　你看起来需要冰块之类的东西。

达　雅　不用。

维　克　我可以给你搞到冰块。

达　雅　这里对我来说够冷了。

维　克　我找找去，不远。

达　雅　不，谢谢你，不用。谢谢你。我是个三十四岁的女人。

我可以照顾自己。

维　克　嗯，女士？你可是在轮胎上打瞌睡。①

　　　　……

　　　　真他妈的。你就像……妈的……你就像一个受虐的女人。你就像一个法律上说的受虐妇女。

达　雅　对不起。我走。

维　克　不，不。对不起，我只是，你知道，我只是太吃惊了。这种疯狂的事，就在这里，我看见了。这种事真的会发生。妈的。

他盯着她看的时间有点长。

　　　　我是说，我是说，如果你知道去哪里，你知道，像是妇女救助站之类的，那就去吧，去吧，你完全应该去。但我的意思是，你不是非去不可。（查看他的传呼机/电话）还没。

维克注意到地上点燃的蜡烛。

————————

① 如果轮胎不是你的布景元素，可以考虑将台词替换为"石头"或"开裂的水管"。——作者注

你在营造氛围?

达 雅 什么?

维 克 糟了,我是不是不该逗你笑?脸会疼吗?

达 雅 巴士不会来了。

维 克 什么?对,我知道。

达 雅 这么晚就没有了。

维 克 没来。大概不来了。你是在等巴士?

达 雅 不,我只是告诉你,万一你是来这里等巴士的。

维 克 我?哈,我不是在等巴士,不是。

达 雅 那你来做什么?

维 克 做事。

生意。

买卖。

……

做事。

他盯得太久了。

达 雅 我有身份文件。没带在身边,但我有的。

维 克 我看起来像警察?

达 雅 你问很多问题。你问很多问题,很少回答,就站在这
里,在夜里等待,周围也没有人——哦哦。好吧。我知
道你是什么人了。

维　克　是吗？我是什么人？

达　雅　对，我知道。

维　克　好吧。那你认为我是那啥……会让你困扰吗？

达　雅　我们都需要钱。

维　克　这不是一个很坏的途径，我告诉你。

达　雅　行吧，我不这样认为，但我同意。我们是不同的人。
　　　　你说你知道妇女救助站？

维　克　我听说过。它们收留女人。我估计它们就在这附近。
　　　　让你摔成这鬼样的楼梯叫啥名字？

达　雅　什么？

维　克　谁把你搞成这样的？

达　雅　为什么？

维　克　好吧。你不信任我。不过那就是你丈夫吧？还是男
　　　　朋友？

达　雅　为什么？

维　克　你爸，还是你儿子？

达　雅　不，不是我儿子。不是。

维　克　妈的！那真是太糟了。是你儿子？

达　雅　不！不是我儿子！为什么你要说我儿子！说你不知道
　　　　的事情，你有什么毛病吗！这就是人们惹麻烦的原
　　　　因。你们这些人，你们离我儿子远点。
　　　　……

......

......

维　克 哇哦。

好吧。

行。好。

不过听着。凌晨一点我他妈来到了这里，这鬼地方还不如底特律，我看到一位女士在地上睡觉。一位女士。他妈的，就蜷缩在这块都是肝炎病毒的地上。黑眼圈就像……该死的！你想让我就这样离开，好像这个世界对我没有影响？

达　雅 你为什么只为女士停下脚步？

维　克 女人，你认真的吗？有人可能会——等等，你说我不会为男人停留，是什么意思？怎么，你认为我有什么意图？

达　雅 我不知道你要什么。

维　克 哈，人就是这样惹麻烦的。别把意图强加给我。我说的是其他男人。那种混账男人会做什么，如果被他们发现你躺在这里，就像一堆无人认领的现金？你会知道的。对吗？

......

妈的，想给你搞点冰块，想跟你说话，想对你友好。操。你就这样对我？行吧。

达　雅　是我丈夫。是我丈夫把我搞成这样的。你高兴了？

维　克　哎，可是他为什么打你？他喝醉了？

达　雅　你为什么要问这么多问题？

维　克　这事经常发生？

达　雅　你为什么要问？

维　克　哎，你从哪儿来？俄罗斯？

达　雅　（被冒犯）不是。

维　克　那你就是来自小俄罗斯，那些国家中的一个，波黑或
　　　　是——哦，妈的。哦。妈的。
　　　　你是……被卖来的吗？

达　雅　什么？

维　克　就是……被卖？
　　　　……比如和性有关的//那种？

达　雅　我曾经在那里工作，好吗？那个工厂。当我还在那里
　　　　上班，我记得有时他们在送货时不关后门。所以我就
　　　　想去那里，在那里睡觉——

维　克　你没地方睡觉？

达　雅　没有，不，我有，不过——

维　克　懂了。对。

达　雅　不过现在有个混蛋上了锁。所以我在这里。
　　　　不要给任何人打电话，好吗？我丈夫，他是那里的老
　　　　板。我的第二任丈夫，他以前是老板。在这个地方关

闭之前。他曾经管理整个大楼。

维　克　那他现在……?

达　雅　不是了。

　　　　你怎么来这里的? 或许你有车?

维　克　没有，妈的，但愿我有车，可是没有。你需要去哪里?

达　雅　回家。

维　克　要我说这可能也不是个好主意。

达　雅　待在这里也不是个好主意。

维　克　你想住旅馆吗?

达　雅　什么?

维　克　就是，去睡个觉。

达　雅　我……

　　　　……我没有钱。

维　克　你需要钱?

　　　　(回避她的目光) 哇哦。不是这样的。

达　雅　那是怎样的?

维　克　我是说，我有钱。

达　雅　是啊，你有，不过……你怎么搞到钱……肯定不是什
　　　　么正道。

维　克　你都要睡大街了，你真的打算现在对我进行道德审判
　　　　吗，妈妈?

达　雅　为什么那么//叫我?

维　克　　我们那里就是//这样叫的，没别的意思。

达　雅　　是谁？//"我们"是谁？

维　克　　那你叫什么？你的名字。

她考虑。

达　雅　　达雅。

维　克　　是吗？我叫维克。

维克向她伸出拳头。

停顿。

她不知道该如何回应。

最后，不知怎么的，达雅"碰"了一下。

虽然这可能更像是在拳头上拍了一下。一件意想不到的事。

这激发了一段说唱。

（说唱）维克维克聪明哥。对，维克真巍峨。对，维克维克黄油面粉盒。我有个好名字，是不是？我是马苏里拉奶酪棒上蒜一颗。帽子戏法直捣巢窠。不需要伙伴笑呵呵，哦见鬼那是飞蛾？盐河，瓜子壳，圣徒尼克。

> 达雅板着脸。

维 克 瞧，是我不想逗你笑，你知道的，因为你的脸。所以我都没有想要逗你笑。

达 雅 ……信口开河。

维 克 政客！你的反应势不可遏！

达 雅 ……祝贺。

> 达雅微笑。然后扯到脸。
>
> （"唉哟"）啊。

维 克 哦，糟了，抱歉。抱歉。

> 维克看着达雅捧住脸，尽量不笑。

> 不过我不抱歉。我也不后悔。你笑得很开心。
>
> 嘿，让我给你搞点冰块。再找个旅馆。我怎么搞钱并不可怕。对我来说不可怕。

达 雅 你为什么要做那种事？

维 克 我喜欢。

达 雅 你喜欢你对别人做的事？

维 克 不然就不会做。

达 雅 可是……你在伤害别人。

维 克 我的意思是，只有在他们喜欢的前提下。

我没有强迫别人来找我。

有时也会交谈愉快。之前，你知道的。在开始之前。有时我想，妈的，我应该付你钱吗？

对。我喜欢。

......

怎么样，你要走吗？

达　雅	你一定是真的需要这些钱，如果——
维　克	我不需要，好吗？真相是，这些人认为他们应该付我钱。我想他们付钱后感觉更好。所以，挺好的。不管怎样。挺好的。
达　雅	男人？
维　克	对。男人。怎么？

别告诉别人。好吧？

对我来说，不是钱的事。反正我也不喜欢待在家。

达　雅	为什么不喜欢？
维　克	喂，你饿吗？想去餐馆吃饭吗？
达　雅	为什么你——
维　克	听着，我家不像你的状况。不过我的意思是……那是另一种糟糕的状况，也没有比你更好。我是说。

妈的。

我是说，它大概比你的好，可是。

就是有大问题。在我家里。

要是他们真的，你知道，了解我……

……

就是这样。去托普斯？滴答滴答？嘿，或者我们可以从这里走到奥林匹亚。

达　雅　这些是什么地方？

维　克　小餐馆。

达　雅　我从没去过这些地方。

维　克　啥？你，啥？你住在泽西，对吗？

达　雅　对。

维　克　而你从没去过小餐馆？

达　雅　没有。

维　克　姑娘。全国三分之一的小餐馆都在泽西，这是事实。宝宝都是咂巴着迪斯科薯条从娘胎里出来的。你真的从没去过？

达　雅　也就是卖吃的，对吧？

维　克　"也就是"……好吧。你现在就该跟我去。这是实实在在的。

她没动。

我来搞定。

达　雅　然后我们去旅馆?

维　克　对。

我是说**不**。

我是说

不是。

我的意思是你可以留在旅馆。我可能倒头就睡,仅此
而已。我明天还要上学。

达　雅　上学?

维　克　高中。早上。

达　雅　你?

维　克　我长得太着急。

达　雅　你上高中?

维　克　大多数日子,对。

达　雅　你认识我儿子吗?

维　克　哦,见鬼,我认识吗? 他几年级?

达　雅　新生。

维　克　是吗? 我三年级。

他上哪个学校?

呃,我在塞顿霍尔预科学校。

他在衬衫底下翻找。抽出一条领带。

把它像舌头一样挂在他宽大的衬衫上。

我猜他不是在塞顿霍尔预科，对吗?

达　雅　你是有钱人?

维　克　所以不要不好意思了。

　　　　来吧，原本有人该来接我。这不是他们第一次抛弃我

　　　　了。不管怎样，你知道的。我没有地方可以去。

达　雅　你有家可以回。

维　克　你不想玩玩?

达　雅　什么?

维　克　打发时间? 一起?

达　雅　我是一个三十四岁的女人。

维　克　所以?

达　雅　所以你不会想和我一起打发时间。

　　　　……

维　克　你不喜欢我陪你?

达　雅　(真话)我……我太累了。

维　克　好吧，那我就带你去旅馆。你可以睡觉。给你儿子打

　　　　电话。

达　雅　他在朋友家。

维　克　那一定很好。

　　　　朋友的家。

达　雅　不。他们不好。

　　　　不好。

　　　　……

维　克　他也可以来。

　　　　来旅馆。

　　　　我是说，如果他可爱的话。

　　　　……

　　　　呃，这种……这种事也发生在他身上吗？你儿子？

　　　　今晚？

　　　　她扭头看别处。

　　　　是啊，你今晚不回家了。

达　雅　不，我应该回的。我甚至不知道几点——

维　克　很晚了。来吧。旅馆里有冰块。你从没去过旅馆？

达　雅　我打扫房子。不打扫旅馆。

维　克　我想你会喜欢的。

　　　　或者我们可以去我家。我可以叫辆出租车。房子很

　　　　大，不会有人知道你在里面。你可以倒头就睡。好好

　　　　睡一觉。吃点早餐。嘿。我做煎饼。加蓝莓之类的。

达　雅　我不知道我应该回——

维　克　好吧。你吓坏了。可以理解。你不认识我。听着，我就把钱给你吧。我们会给你找一个旅馆。我会陪你走到那里。如果你要求，我甚至可以在一个街区之外就把你放下。如果你不习惯的话，我也不一定要留下来。

或者，在这里。你为什么不就待在这里?

维克掏出一团现金。递给达雅。
达雅看着维克好一会儿。她在考虑。

我认真的。没事。

突然，达雅把他搂进怀里，很用力。
他吃了一惊。
但还是沉浸其中。我们在这里也看到了他的需求。

没事，哎呀。不是大事。

达　雅　我不能拿。

维　克　我确定你可以。听着，无论如何，我今晚都要付旅馆的钱。学校的人他们不能在家公然抽大麻。我知道他们给我打电话，就是为了让我给他们出钱。当他们抽大麻和勾搭女孩子的时候，我通常只是坐在角落里。

大多数时候，他们连"谢谢"都不会说。

也就差不多一百美元。真的，这就是零钱。只是钱而已。你可以拿。

达　雅　我不能。

维　克　为什么？

一辆车经过。汽车喇叭响起。

维克和达雅分开。

哦，糟了。

糟了，是他们。

他们

他妈的

他们还真来了。

达　雅　你该走了。

维　克　不。

……

（受诱惑）我该去吗？

达　雅　你想去吗？

维　克　可以吗？

……

达　雅　可以。

去吧。

维　克　你确定?

达　雅　我知道你想去。

小心点。

（真诚地）玩得开心。

维　克　嘿，给你（指钱）。

达　雅　不。我不能拿你任何东西。

维　克　你可以的。

达　雅　没事的，我可以睡在工厂后面——

维　克　拿着。

达　雅　——或者我可以去小餐馆，在那里挨过后半夜。

维　克　就拿着吧。他们在调头了。

达　雅　那你今晚就会需要钱。

维　克　拿着。

达　雅　不。

维　克　来吧，我得走了。

达　雅　不。

维　克　那就给你儿子。

汽车喇叭声。

达　雅　你认为这能派上什么用场，这一百美元?

维　克　什么?

达　雅　我在旅馆睡一晚，然后我怎么办？我睡了一晚，然后，
　　　　第二天，我怎么办？或者我去找我儿子，我们睡觉，或
　　　　者我们坐车去某个地方，然后我们怎么办？一切就会
　　　　好起来吗？
　　　　我自己照顾我儿子。
　　　　我却做这事。
　　　　不要因为可怜我儿子就给我钱。

维　克　喂，我只是想帮忙。

达　雅　不要为了让自己好过就给我钱。

　　　　汽车喇叭声。

维　克　不要为了让你不难过就折磨他。

　　　　汽车喇叭声。

达　雅　他们不会等很久。去吧。你的朋友们在等。

维　克　喂，如果我把钱扔在地上，你会捡起来还是任它被
　　　　吹走？

　　　　汽车引擎声。维克朝它看去。又回头看达雅。

　　　　瞧那儿。

达　雅　什么？

维　克　瞧那儿。那边。

　　　　　维克指向朋友汽车相反的方向。

达　雅　（知道他在做什么）不。

维　克　来吧，瞧那儿。
　　　　　"哦，妈的，
　　　　　看那月亮！"

　　　　　哇。

　　　　　她犹豫。
　　　　　她知道维克会做什么。
　　　　　但她照做了。她望向月亮。

　　　　　这一刻他们都望向月亮。
　　　　　……
　　　　　然后，同时，达雅伸出手，轻轻地，
　　　　　维克也轻轻地，
　　　　　把钱放进她手中。

　　　　　这是某种形式的交接。
　　　　　一切都在看着月亮的时候发生。

铁　界

他们捏捏手以示告别，

但没有看对方的眼睛。

然后维克向汽车跑去。

车开走了。

达雅一个人。

她低头看向手里的钱。

回头看维克，他已经走了。

她把这个陌生人放在心里想了一会儿。

她想起了钱。她考虑。

决定。

拿出她的手机。

达　雅　　喂，亲爱的。是我。你妈。

我没事。

我希望你没事。

不管你去了哪里。

今晚。

我知道你去了哪里，我不喜欢。

回我电话。

她挂了电话。

考虑一下。

又打回去。

喂，亲爱的。

明天不要回家。

明天，我在蒙特克莱尔打扫房子。那家人不在，所以放学后我想让你坐车去蒙特克莱尔。去那里见我。不要回家。

我们会想清楚我们要做什么。

不要回家。

我们不回家。

好了。

现在我要去小餐馆了。

回我电话。

她挂了电话。

铁　界

想要离开。

有什么事阻止了她。

……

她又打电话。

喂。

亚历克斯。

亲爱的。

是我。你妈。

我真的很抱歉。

……

（再见）好吧。

她挂了电话。

她知道他不会回电。

她抬头望向天空。天破晓了。

她吹灭蜡烛。

她坐下来，考虑就在这里坐等天明。

……

达雅的电话响了。

她看看是谁来电。

她匆忙接起电话。

亚历克斯?

亚历克斯!

第五场

·

2014年冬

冰雪消融的季节。

清晨，看起来仍然像夜晚。

达雅手里拿着手机。

汤米上场。他比我们之前见过的更加体面。他在努力。

他用手掌整理自己的头发。他拿着用塑料纸包装的花，是
来的路上在加油站买的。

汤米在过去几小时里一直在考虑他要说什么。

汤　米　在你开口之前……好吧，在你开口之前，让我先说：
　　　　（紧张）呼。好吧。

　　　　好！

　　　　我只是想，我只想说，我知道已经有些日子了。我知
　　　　道我们已经有些日子没有说话了，所以让我先说吧，
　　　　我只想说：

对不起。

你可以回家了。

不收费。

我可以直接带你回家。就现在。你可以不用在汽车旅
馆、青年旅馆之类的地方浪费钱了。你还可以借我的
车。随时都可以。你要去哪里？你要去上班吗？你找到
工作了吗？去上班？想借我的车吗？你想要我的车吗？
妈的，我甚至可以开始搭巴士。试试看。

我给你买了花。

达　雅　　她丈夫发现了吗？

汤　米　　什么？

达　雅　　所以她离开了你？

汤　米　　你在说什么？

达　雅　　琳达的丈夫。他发现了，所以你现在一个人？公寓里
　　　　　有地方了？有时间买花了？

　　　　　……

　　　　　……

　　　　　……

汤　米　　你愿意嫁给我吗？

……

我，呃，我没有准备戒指。为什么没有戒指，其实有一个好玩的故事。不过我本来要，呃——因为我不想让你觉得我没有计划。瞧，我打算，瞧——

汤米用他的车钥匙指向后台的汽车。

哔哔声。

车前灯。

然后，斯普林斯汀①的声音……

《秘密花园》的前奏，出自《杰里·马奎尔》的原声带。

布鲁斯。

只有最好的才配得上我的宝贝。

他们听着。

汤米完全投入。

达雅则不是那么回事。

也许他慢慢向她靠近。

―――――――――

① Bruce Springsteen（1949—　），美国歌手、音乐家，E 街乐队的领队。他来自泽西海岸，以诗意的、具有社会意识的歌词和充满活力的舞台表演而闻名，其歌词经常涉及美国工人阶级的经历和斗争。

也许他牵起她的手。或试图这么做。

他们凝视前方。

他们听着歌，尴尬地站了很久。

……

你愿意嫁给我吗？

……

他们听着布鲁斯。

……

达　雅　我丈夫死了。

汤　米　什么？

达　雅　马克斯。

汤米关掉布鲁斯。

我的第一任丈夫。

亚历克斯的父亲。

他死了。

昨晚。

亚历克斯打电话给我。

他在芝加哥。

还有我的车。

他们，很明显，他和我的车及马克斯，他们都在芝加哥。

他就是去了那里。

去找马克斯。

在他死前。

去

见他。

汤　米　发生什么了？他……

达　雅　他病了。

汤　米　可是发生了……什么？

达　雅　……他得了病。

汤　米　天哪。天哪，对不起。你时间差不多了吗？

达　雅　什么？

汤　米　对不起，这事太蠢了。

操。达雅。

对不起。

……

你是几点的飞机？

达　雅　飞机？

汤　米　去芝加哥。你要搭车去机场吗？

达　雅　我不坐飞机。

汤　米　那你为什么在这儿，在巴士站？

达　雅　我只是，我只是来这里。

我不知道为什么。

我就这么做了。

……

我想走了。

汤 米　我可以带你。

达 雅　不用。

汤 米　我可以帮你。

达 雅　不用，汤米。

汤 米　我可以借你钱。买机票。没问题。

不过

不过我也可以给你买票。

达雅考虑。

不要固执，达雅。

葬礼只有一次。尽快。

……

我买票。

好吗?

达 雅　操。我讨厌这样。

汤 米　没事的。

达 雅　我不想要这样。

汤　米　没事的。

达　雅　你的保险还是蓝十字蓝盾①吗?

　　　　……

汤　米　你认真的吗?

达　雅　对。

　　　　……

汤　米　为了亚历克斯?

　　　　……

达　雅　(少见的紧张)对。

　　　　……

　　　　……

汤　米　需要共同支付。

达　雅　我可以共同支付。

汤　米　而且他只能用到二十六岁。在那之后,祝他好运。

达　雅　那就是四年。很好。四年里,很多事都可能改变。

汤　米　我不知道戒毒在不在保险范围内。

达　雅　有总比没有好。

汤　米　你认为他会这样关心你?

达　雅　什么?

---

① Blue Cross Blue Shield Association(BCBSA),由三十五家独立的美国健康保险公司组成的协会,为一亿多美国人提供健康保险。

汤　米　你认为你儿子会照顾你吗？

达　雅　我这么做不是为了让他回报我。

汤　米　那又是为什么？为什么总是亚历克斯？他怎么能——？
　　　　而你仍然……怎么会这样呢？

达　雅　你不会理解的。

汤　米　那这事就不会存在。每个人都有能力理解一切。我们
　　　　都是一样的。你只需要用我的语言说出来。

达　雅　你不会理解的。

汤　米　你想要健康保险？

达　雅　你想要不会离开你的女人？

汤　米　听起来这一点并没有保障。

达　雅　你的蓝十字也不能保障一切，但我除了试试还能做什
　　　　么？我不是那种整天坐着思考问题的人。他是我儿
　　　　子。他可以对我做任何可怕的事情，而我还是会看着
　　　　他，说这是我儿子。整个世界，我只拥有他。你有你的
　　　　爱，你给了每个人。这个世界上有几百万像我这样的
　　　　人，几百万女人。但对他来说，只有一个我。他不能
　　　　丢掉。

汤　米　几十亿。

达　雅　什么？

汤　米　几十亿女人。实际上有几十亿女人。你说几百万——是
　　　　几十亿。

那里我听得很仔细。

几十亿。就像你一样。可以从中选择。可你看我在这里做什么？

他单膝跪地。

我没有戒指，可你看到我在做什么吗？听着，我不是他妈的种马，好吗？我知道。我很好。但是听着，我也没有赚很多钱，但是我付自己的账单。我确实生活混乱。到处乱搞。好吧。可你也不是楷模，对不起，我还是爱你。你的逻辑性很强，你的英语很可笑，而且你是一个直来直去的疯子——达雅，你有时真他妈疯狂。但你有一双漂亮的腿。你的心肠也好。你喜欢看电影。我爱看电影。你需要一辆车。我有一辆车。我可以给你做意面。你可以给我做午餐。而且，如果我忘了带钥匙，知道有人拿着钥匙就很安心。

达雅。亚历克斯过去没有选择。

而且他至今没有。他一直都没有。甚至最近。没有选择你。

我选择你。

今后我也会选择你。每一天。我他妈发誓。

……

答应?

……

不答应?

……

……

好吧。

汤米起身。

好。好，我不说了。我想你可以忘掉。对不起。我甚至
没有一个戒指。甚至连一个银戒指都没有。

（商店不开门——我只想说——没这么早开门。）

……

我知道琳达会离开。在我心里，我知道。

她们总是离开。艾莉森。考特尼。所有人。最终。

我是说……停留。她们从未离开。她们只是停留在她
们一直待的地方，而我必须离开。

我回家。

可现在你不在那里。

这真是……

至少你监听我的电话。

这很糟糕，但是，

至少你足够在乎我，才监听我的电话。

这有意义。

你知道我妈的生日。

倒背如流。

这也有意义。

我知道你会在这里。

我知道这一点。

这一点，我认为，

很有意义。

……

（放弃）好吧。

汤米动身离场。

达　雅　布鲁斯很好听。

汤　米　嗯？

……

……你愿意嫁给我吗？

……

达 雅 大概。

汤 米 （拿出花束）**愿意！**

达 雅 不过等等。等一下。跟我说说那个，条件。你会付保
险、房租——

汤 米 一半房租，一旦你站稳脚跟。

达 雅 好——

汤 米 我有时候会做意面。

达 雅 （他做的意面很难吃）好吧。保险，一半租金。那你需
要什么？

汤 米 婚姻。

达 雅 对，没错，不过我在问你要什么。我得到保险，你得到
的是回家有人。不监听你的电话。除非你喜欢。

还有——

汤 米 还有……亚历克斯？

达 雅 亚历克斯……不必和我们一起生活。

他可以住附近，非常近，不过他不必和我们一起
生活。

汤 米 没事，我们可以//商量——

达 雅 他不是必须和我们一起生活。

但他可以。或住附近。

那，好吧，所有就是这些，然后你就该干什么干什么？

汤 米 那不是结婚，那就是该干什么干什么。

达　雅　好吧，你没有结过婚。

　　　　也许我们可以把这些都写下来？那我们就会努力像这样善待彼此。

汤　米　如果我们结婚，要做的差不多就是这些。听着，我现在就去取车，开车送你去机场。这见鬼的巴士？每况愈下。

达　雅　你没有结过婚，也从来没有坐过这趟巴士。你不知道什么是每况愈下。

汤　米　我没有坐过这趟车，因为我从来不需要。

达　雅　对。不需要的人不会坐这趟车。

汤　米　你也不需要。

达　雅　我需要。

汤　米　每况愈下！我去开车。

　　　　掉头就走。

达　雅　汤米。

　　　　可这是什么？交易是什么？

　　　　他回头。

汤　米　你为我做事。我也为你做事。婚姻。就像现在，我要去开车，停车，载你上车，就像这是我的工作一样。凑到你的脚边。甚至不用你开口。

达　雅　之后我为你做事。

汤　米　也许。

　　　　如果你想做的话。

达雅考虑。

　　　　我可以去吗？

达　雅　哪里？

汤　米　去芝加哥？

　　　　我可以带你去吗？

　　　　我们可以开车去。

　　　　……

达　雅　我还没说愿意。

汤　米　我知道。

达　雅　所以不要鬼鬼祟祟讨人喜欢，好吗？因为一切都还
　　　　没定。

汤　米　我知道。

达　雅　"大概"的意思是有可能，而不是肯定。

汤　米　好吧。

达　雅　我现在无法回答这个，你的……我现在无法回答你
　　　　的……问题。

汤　米　好吧。

达　雅　我来开车。

　　　　……

汤　米　（她车技很差）好吧。

达　雅　我们也许能解决一些事。

　　　　也许。

　　　　我们会//看到的——

　　　　汤米的手机响了。

　　　　僵住。

　　　　手机铃声。

　　　　……

　　　　汤米关掉了口袋里的手机，

　　　　甚至没有看看是谁打来的。

　　　　……

　　　　达雅记下了，

　　　　并自我防卫。

达　雅　去取车。

　　　　汤米下场。

达雅独自站着，犹豫不决。

　　　她转身要走，但是——

　　　马克斯从舞台另一边上场。

　　　此刻我们是在二十世纪九十年代。

　　　他来到达雅身边站着。

马克斯　　五分钟。

　　　最后的机会。

　　　我们已经在这里等了两个小时。这是最后一班巴士。

　　　……

　　　四分钟。

达　雅　　不，马克斯。

马克斯　　为什么不?

达　雅　　因为我已经有工作了。

马克斯　　在那间狗屎工厂。

达　雅　　对。

　　　狗屎工厂。

马克斯　　芝加哥也有狗屎工厂。工作，各种各样的工作，在芝
　　　加哥。可能已经有五份工作在等我了。你也可以，如
　　　果//你——

达　雅　我有工作。

在新泽西。

就在那里（指工厂）。

马克斯　他开车带你?

达　雅　什么?

马克斯　在我走后，他开车?

达　雅　谁?

马克斯　好车?

这星期我看见他和你说话。老板。

他开车带你? 嗯? 带你回家?

达　雅　不。

（挖苦）我搭巴士。

我们谈什么呢?

他喜欢我。我很出色。

马克斯　即使有小马克斯，他还喜欢你? 哇。了不起的家伙。

他知道吗，再过几个月，你就会有……小……?

达　雅　我没什么问题——如果这会儿你就是在想这个，那你

就有大问题了，马克斯，你想的都是些什么?

我希望芝加哥对你来说不会太冷。

……

......

马克斯　　来吧。我还可以给你买张票。你就来吧，你会看到我
　　　　　是什么样的。

达　雅　　在那里一切就真的那么不一样吗？

马克斯　　是的。是的！那里，在芝加哥，那是——

达　雅　　你会不一样吗？

　　　　　......

　　　　　你会想要我想要的东西吗？

　　　　　......

　　　　　这不是我喜欢这个地方或那个地方的问题。芝加哥或
　　　　　是——我们已经在这里生活了，马克斯。我跟你来到这
　　　　　个国家。对我来说，已经足够远了——

马克斯　　好吧，只要你再一次跟着//我——

达　雅　　不，也许现在你应该跟着我。留下来。

马克斯　　达雅，这是最后一班。最后的巴士。我的车票明天不
　　　　　能用。他们不会退钱。

达　雅　　那又如何？不过是钱。

马克斯　　不只是——

达　雅　　你可以烧钱。烧掉，两秒钟。钱什么都不是。

马克斯　　钱并非什么都不是，你知道这一点。必须今天走。
　　　　　我们可以永远谈论，但什么也不会发生，我们只是站
　　　　　在这里。这是我这辈子最想要的，你怎么就看不

出来?

她看着他。

她确实看懂了。

然后下决心让他走。

达　雅　你现在说英语。

马克斯　我知道。我他妈一直在练习。

达　雅　不错。

　　　　很好。

　　　　你会走得很远。

车前灯的光。

末班巴士来了。

他们看着巴士驶近。

马克斯　我可以给你寄钱。

达　雅　我可以给你寄钱。我干活更卖力。

马克斯　（想要给她钱）给，//拿着，这是我全部——

达　雅　不! 去吧。不! 马克斯，我不想要——

马克斯　拿着。你就可以买票了。

达　雅　　不。

马克斯　　那么——唱歌。

达　雅　　什么？//不。

马克斯　　跟我一起唱。就一次。

达　雅　　你的车——

马克斯　　就跟我一起唱一次。然后你和……

　　　　　你和……

　　　　　你就去过好日子。

　　　　　然后你会对我有美好的记忆。

　　　　　我希望在你心中留下美好的一席之地。

　　　　　达雅考虑。

　　　　　然后是汽车准备驶离的声音。

　　　　　他们看过去。

　　　　　去吧。车要开了，去吧。

马克斯　　达雅——

达　雅　　去！

　　　　　马克斯和达雅迅速而痛苦地道别，没有言语。

　　　　　没时间了。

　　　　　马克斯追着巴士跑。

马克斯走了。

达雅看着他离开。

达雅看着马克斯坐上巴士，永远离开了。

达 雅　*别走！我请求你。我不能。我不能一个人。我不能一*
　　　　个人走下去。亲爱的……

口琴声。

马克斯在另一重时空中出现。

在某种不同的、经过改写的现实中。

马克斯吹口琴。

嚎叫野狼①的《我坐在世界之巅》。

舞台消失。

烟雾散去。

原本破烂的黑色天幕化作繁星满天。

一轮硕大的圆月。

一个美丽的夜晚。

---

①　Howlin' Wolf（1910—1976），本名切斯特·阿瑟·伯内特（Chester
　　Arthur Burnet），芝加哥布鲁斯歌手、吉他和口琴演奏者。

马克斯吹奏。

乐声悠扬。

达雅开口歌唱。

然后：

哔哔。汽车喇叭。

舞台回到之前的样子。

2014年。

马克斯不见了。

星星消失了。

……

达雅独自站在当下的宁静中。

……

……

汽车喇叭声。

达雅看过去。

她开始朝车走去。

然后，

停下片刻。

达雅开始为自己歌唱。

很可爱，

平静，

小巧，

而且完全不炫技。

达　雅　（唱）去他妈的巴士……

　　　　哦耶……

　　　　去他妈的巴士……

　　　　……

　　　　她看了看自己所在的地方。

　　　　她看了看过去。

　　　　她看了看现在的地方。

　　　　……

　　　　……

　　　　她下场。

......

黎明。

一辆巴士孤零零停在那里。

一天开始了。

　　　　　全剧终

生之代价

Cost of Living

2016

而且我相信，在一个普通的厨房，有一个普通的女人，再加五个鸡蛋，我就可以做到这一点……她和我及厨房都变得非同寻常；我们不是简单地在吃饭；我们是在（孤独的）人生前行中暂停，共同完成一个行动，我们在爱中；提供和接受膳食是一种圣礼，它说：我知道你会死，我与你分享食物，这是我能做的全部，这也是一切。

　　　　　　　——安德烈·杜布斯，《破碎器皿》（"Broken Vessels"）

　　有些事情，像是把手推车推回去，而不是把它留在停车场，这很有意义。因为必须有人把它们收回去。如果你知道这一点，并且你为那个人做了这件事，你就会做其他事情。你加入了这个世界。你走出了你的孤立状态，成为普遍的人。

　　　　　　　——安德烈·杜布斯，《下班后跳舞》（"Dancing After Hours"）

为什么我们如此崩溃？人是一项愚蠢的设计。

——帕维乌·迈欧克①

---

① 作者的祖父。马蒂娜从没见过父亲，祖父在她成长过程中担任父亲的角色。

人　物

埃迪　将近五十岁，男。

阿尼　四十岁出头，女。

杰西　二十五岁上下，女。

约翰　二十五岁上下，男。

地　点

美国东部城市。泽西市。

近期。

序幕、第七场、第八场、第九场发生在十二月同一个周五的晚上，那是圣诞节前一周。其余部分的时间跨度是九月至十二月。

对话标记

双斜线//表示话语重叠。

省略号……是主动沉默。

方括号［　　］里是想说但没有说出口的话。

圆括号（　　）里是要讲的话。

关于约翰的语言的说明

约翰有语言障碍，表现为一种停顿的说话方式。这是残疾造成的发声紧张。其台词的中断和间隔是为了模拟这种停顿，而非表示任何形式的诗意朗诵。

关于表演的说明

在这些角色的世界里，自怜没有意义，而幽默却很有价值。

在泽西口音中，"他妈的"这个词经常被用作逗号，或者发声的停顿。它不仅用来表达愤怒，还有其他用法。

关于选角的说明

请让残疾演员扮演约翰和阿尼。

请组建一个看起来像北泽西那样多元化的演员阵容。在序幕中，阿尼的全名可以是阿尼亚·露西亚·斯科沃伦斯卡-托雷斯，或阿尼·卢兹·赫纳德兹-托雷斯，或阿尼·李-托雷斯，或阿南达·辛格-托雷斯，还有很多选择。阿尼的全名应该适应扮演她的演员。另外在序幕中，祝酒词 Na zdrowie 可以用 Salud 或صحة فى 或건배代替，以适应扮演阿尼的演员。在第八场中，通电话的内容应翻译成非英语的语言，以适应扮演杰西的演员。

序　幕

一个空的空间。一个空的舞台。那是十二月里的一间酒吧。

确切地说，是后布隆伯格①时代的布鲁克林威廉斯堡的圣马齐酒吧。

它称得上一间时髦的酒吧。

一个男人，埃迪·托雷斯，一个失业卡车司机，在这里显得格格不入。埃迪懂得，自怨自艾是一些人的特权，在他们的人生里，有朋友和家人无条件地爱他们，愿意听他们说废话。而埃迪跟你说的任何事情，他都希望让你觉得好笑、滑稽、有意思，因为他知道，你没有义务留下来听他说话。当他陷入悲伤，他很快就会跳脱出来。他会成为一个好叔叔的。

他捧着一杯苏打水。

埃　迪　天灾人祸，无须理解。

　　　　这是《圣经》里说的。

---

①　指迈克尔·布隆伯格（Michael Bloomberg），2001年至2013年担任纽约市市长。

是福不是祸，是祸躲不过。

所以我活该倒霉，那天，哥伦比亚长老会医院的电话打到我这里。是托雷斯先生吗？出现了并发症。我四十九岁了，从没干过伤天害理的事，除了爱这个女人，爱了差不多二十一年。谁命该如此？

还有一星期就是她的生日。七天。

我们本来计划去缅因州。为她过生日。
去瞧瞧那些树。

我现在把灯都开着，每个房间。
烟雾记号：我还在这里。

节日不好过。
圣诞节就在下星期——那会很难熬。

哎呀，听我说这些丧气话。喝一杯吧。算我的。我来发个誓。作为惩罚。我要是再说丧气话，就罚我掏钱包。让我请你喝一杯。你想喝什么？随便点，我买单。这地方就是我的脏话罐子①。

你想喝啥随便点。点吧。

我自己嘛，已经戒酒了。当你头一次醒来发现自己没有躺倒在一摊液体里的那一天，你知道吗，朋友？比如说呕吐物啊尿啊。那一天？那一天是你生命中的美好礼物，老弟。你感激那一天。你准备好了。

那是一切都将改变的一天。
征兆是真实存在的。

我知道这个，因为我以前开卡车。穿越全国。我喜欢。喜欢那份工作的各个方面。风景。各个方面。风景绝了。犹他州？上帝啊。犹他州美极了，没人知道！

不过后来我被查到酒驾。在一辆小车里。离家几个街区。
失去了我的商业驾照。

_____

① 脏话罐子（swear jar），是一种避免人们讲脏话的物品。每次有人讲脏话，旁人便会要求讲脏话者在罐中放一些钱当作罚金。

穷途末路。

所以我有了回忆。还有失业。

开车的生活很美好。每天我都感激他们还没有发明出
开卡车的机器人。

那种生活很好。公路。天空。风景。

除了孤独。

除了有时会感到，孤独。

这就是我老婆的好处。

不是说这是唯一的好处。

不过每个结婚的人都有，你懂的，操蛋的日子。就像，
操，我干了啥。我他妈到底在这里干啥。

因为，你知道，你和一个人结婚了。而即使结了婚，一
个人还是一个人。这是一个教训。这是给你的人生上
的一课。

可我还是

我还是

还是爱她。

她会给我发短信。当我上路的时候。

在夜里。在旅馆。

独自一人，会招来某些情绪。

所以旅馆里才放着《圣经》。

我们住旅馆的人，都在赶往某处的路上，还没有到达，所以有情绪。

路很黑，美国很长。

我想说这不是诗歌，这些短信。

这不像是，你懂的……（想要记起一句诗，但想不出来）……诗歌。

"想你。"

"事情咋样？"

"今天你的支票到了。"

"上床了。"

"晚安。"

在我的口袋里，或者在床头柜上，手机发出嗡嗡的响声，那是扔到井底让你攀缘的绳子。当念头来的时候。你懂的。那些念头。孤独。这些短信，它们就像是，从那里爬了上来。从那些念头里爬出来，你懂的，因为——"想你。"

卡车司机有狂野的想象。

有很多时间去想。

只是没有很多时间去做我们一直在想的事情。

除了那些根本不费时间的事。

和便宜的事。

（举杯）祝您健康。①

（想起什么，重新举杯）长命百岁。②她教我的。

喝他的苏打水。

还有睡觉。我们睡觉。

如果可以的话。

所以我开始

给她发短信。

在她

过世之后。

每隔几天发一条。

"想你。"

---

① 祝酒词 Salud 为西班牙语。

② 祝酒词 Na zdrowie 为波兰语。

"上床了。"

"希望你都好。"

……

"想念你。"

我也会撒点小谎。

"找工作很顺利。"

还有玩笑。

"我爱上帝。"

"说句好话。"

……

"你现在穿的是什么。"

感觉很好。

和她说话。

我的意思是，想她。

那是一件好事。

对了，我还欠你一杯酒。为那些丧气话。

试图转换话题/情绪。

所以我希望，他们会给我一份跟人打交道的临时工作，就像社区服务。比如说给老人送吃的，或是演戏。遛狗，差不多这类事。给猫洗澡。不过我正在列文斯顿粉刷栅栏。

人道主义协会已经满员了。

所以我的手机壳现在沾满了油漆。"想你。"

……

也许我不该在这里。在这个，呃，圣马齐酒吧。在威廉斯堡。这里都是你们年轻人。有你们的时髦。你们的……啤酒。

也许不该来这里。

喝他的苏打水。

这是苏打水。

现在只喝这个。

也许对我来说，现在来这里不是一件好事。

太近了，你知道有时候你离得很近吗？你有点太靠近了？飞蛾，老弟。就像一只飞蛾。我知道我不应该在这里，可是我，今晚我……我刷完栅栏回家，是吧？坐火

马蒂娜·迈欧克剧作集

车，巴士，步行。我到家了。洗澡。吃饭。像往常一样。独自一人。我坐在我的房子里，我的公寓、我的家里，我看着那些箱子。所有的箱子。装满她的东西。我在想这是她的杯子。她喜欢的碗。还有那把椅子。我动心了。不骗你。我动心了，操他妈的。还不到七点。各处都开着门。商店。即使商店不开，还有酒吧。我想做什么就做什么。我想起来我可以为所欲为，因为，为什么不呢？老实说，他妈的为什么不呢？

就在那时，手机嗡嗡响。
在桌子上。

我没有尖叫。
但跳了起来。
……
"我也想你。"
……

那一刻我不知道有没有尿裤子。

是我老婆。

我老婆的短信。

她的号码。

她的号码。

我老婆!

操,是阿尼!阿尼亚·露西亚·斯科沃伦斯卡-托雷
斯!我老婆!

然后我意识到
我意识到
她的号码
他们重新分发了她的号码。

她正式离开了。
……
就在那时我动心了。
为什么不。
还不到七点。
为什么不。

嗡嗡。

手机又嗡嗡了。

"你在哪里？"

我不知道这人收到我的短信有多久了。我不知道我该不该难为情。我有次给她发过一张照片。（不是那种照片，老弟）是我刷的栅栏。

嗡嗡。

"我在圣马齐。"

这不是我老婆这不是我老婆我知道因为好吧这不是我老婆我想跟你说清楚我不认为这是我老婆。

但是
在那一刻？

在那一刻，我欣慰地知道她和好人在一起。和圣马奇一起。知道天堂是天主教的。

嗡嗡。

"是间酒吧。"

嗡嗡。

"在 BK。"

面露困惑。

这他妈是——?

嗡嗡。

"布鲁克林。"
谢谢你。

嗡嗡。

做一个挑剔威廉斯堡的表情。

"威廉斯堡。"

嗡嗡。

"你呢？"

……

嗡嗡。

……

"你呢？"

……

那是贝永①的七点。雪刚开始落下。

我不知道怎么办。

这不是我老婆这不是我老婆阿尼。

但是

但老实说，我不知道我还能怎么做。

除非我知道，我知道还能怎么做。

我总是知道还可以做什么。

但是也许

也许某些事……

———————

① Bayonne，美国新泽西州东北部港口。

那些天灾人祸，是不需要理解的。

所以也许我应该穿上裤子就去。

我上了出租（好吧，是我的车，别告诉别人）。

我上了PATH线①。

我上了L线。（L线！）

我到了。

我到了

他走进这间威廉斯堡的酒吧。

没有人长得像我老婆。

也没有人看我。

除了你。

你

———————————

① PATH（Port Authority Trans Hudson）是连接新泽西州和纽约曼哈顿的轨道交通。

你真好。

你是个好人。

在那之后，我没有再收到短信。所以也许不管她是谁，她已经离开了。

老弟。让一个鬼放了鸽子，老弟?

妈的，听我说。又是丧气话。第三次了。这儿真要命。喝一杯吧。算我的。不不不，别就这么算了，老弟。我欠你的。

我请客。

他试图叫住一个酒保，酒保没有理会他，从他身边走过。他回头看他的客人。

不过你知道吗? 不管这位圣马齐小姐是谁，曾经是谁，不管这是个什么地方，操，我希望她今晚过得很好。我是真心的，老弟。尽管她放我鸽子。我希望她在这里找到了一个人，此刻正在享受一个美好的夜晚。不管这对她意味着什么。我希望她找到了共度良宵的人。这很重要。看起来她真的需要有人倾诉。

这很重要。

点一杯吧，老弟。酒账算我的。我发过誓。这是惩罚。
我让你受了这些苦，你得再喝一杯。点吧，我付钱。

……

好吗？

　　　　　　　　　　　　马蒂娜·迈欧克剧作集

九月初。

外面正在下雨。

普林斯顿一间有无障碍设施的公寓。这是一间维护良好、装修奢华的公寓。

杰西独自站着，有点紧张。不过她掩饰着紧张。她穿着一件湿透的连帽卫衣、牛仔裤或运动裤。初代移民的孩子。她不是来自富裕家庭，也没有试图显得有钱。她很难掩饰自己的感受和观点。那曾经给她带来麻烦。但她还是忍不住。或许是不想忍住。在需要的时候，她会奋力对抗——甚至有时在不需要或不应该对抗的时候也是如此。能够照顾好自己。尽管她也许希望，不要总是自己照顾自己。

已经有一会儿了。她在这里感觉格格不入。

杰 西 漂亮的公寓。

没有回应。她等待。

她评判他的漂亮公寓。

我是否应该——？

约　翰　（从后台）等一下。

杰　西　我可以——［整理或……］

约　翰　（从后台，"别说了"）听不见。

杰　西　有什么你要我做的事吗？当你在——

后台马桶冲水声。

如果我被雇用的话，我不会钻按时计酬的空子的。不会啥也不做，当你——在那儿。

约翰坐轮椅上场。

他很漂亮。

约翰有脑性瘫痪。

一种言语障碍——有点像说话迟疑。

除此之外，他极其优雅。

来自富裕家庭，他的穿着明白地显露身份。

杰西有所准备。想要显得镇定自若。

但她灰心丧气了。

而他很漂亮。

开口说话之前，他打量了她一会儿。

约　翰　你一个人待着有问题吗？

　　　　……

杰　西　没有。

约　翰　你会想很多。等待是

　　　　这份工作的一部分。

杰　西　对不起，我从来没有服务过不同能力的——

约　翰　别那样。

杰　西　什么？

约　翰　别用那个词。

杰　西　呃，我——

约　翰　别叫什么不同

　　　　能力者。

杰　西　这不是正确的词吗？

约　翰　这个词

　　　　真他妈弱智。

　　　　……

杰　西　那我要用什么，我要怎么，指称你？

约　翰　你打算谈论我？

杰　西　不是。

约　翰　为什么不?

　　　　我很有趣。

　　　　……

杰　西　（指卫生间）那在你进去后，我是不是应该……?

约　翰　你为什么想要

　　　　这份工作?

杰　西　我认为，

　　　　这份经验和我——这会是非常有意义的经验——

约　翰　你为什么想要——

杰　西　为了钱。

约　翰　很好。

杰　西　而且我擅长。我有责任心。

约　翰　哦，很好。那你就不会

　　　　遗弃我。

　　　　你以前替人擦洗过吗?

杰　西　是的。

约　翰　有过?

杰　西　对。

约　翰　半信半疑地评估。

杰　西　（不驯服，但显然不打算分享故事）你需要我……描

　　　　述吗?

约　翰　你能抬多重? 你认为你能

抬起我吗?

145磅。

湿的。

杰　西　我能抬起你。

约　翰　你不需要

举起我。你只要把我抬离轮椅,抬到

沐浴凳子上。然后你

擦洗我。每天早上。我的头发。牙齿。偶尔修剪我的

胡子。

你要让我保持帅气。

约翰向杰西伸出一只颤抖的手。她把自己的简历递给他。
他用双手接过简历,打开——也许还要用到嘴——在腿
上铺平。看简历。评判。

杰　西　有什么我没做过的,我都会弄明白。

约　翰　这就是全部

目前在干的工作?

杰　西　对。

约　翰　很多份

工作。

杰　西　（平静地挖苦）对有些人来说。是啊。

约　翰　这些是深夜酒吧?

杰　西　什么?

约　翰　（不耐烦）深夜酒吧，这些酒吧

　　　　营业到很晚，你在那里//工作?

杰　西　看情况。对。是啊。它们营业到很晚。

　　　　（突然意识到）我明白你的意思但那不是因为我不能你

　　　　用那种方式你怎么你呃——对，它们营业到很晚。

　　　　约翰低头看简历。

　　　　我会定好闹钟的。

约　翰　你来过这儿?

杰　西　哪儿?

约　翰　学校。这儿。

杰　西　对。

　　　　我来过这儿。几年前。读本科。

　　　　为什么我不能来这儿。

约　翰　那你为什么还在这儿? 在

　　　　九月。新学年开始的时候。如果你

　　　　已经毕业的话。

杰　西　来工作。

约　翰　面试。

杰　西　工作面试。

约　翰　稀奇。

杰　西　什么。

约　翰　你来这儿找这种工作。

　　　　如果你毕业于//普林斯——

杰　西　我毕业了。

　　　　优秀毕业生。

约　翰　这上面没有说——//你是学什么——？

杰　西　我在找一份兼职。额外的活儿。作为副业。

约　翰　再加上所有这些——//酒吧服务——？

杰　西　我的闹钟很响，死人都能叫醒。

　　　　……

　　　　你呢？你在这儿是……（试图猜他的年纪）……//

　　　　上学？

约　翰　读博。

　　　　研究生院。

　　　　政治学。刚搬来这儿。

　　　　从坎布里奇来。

　　　　他等待她露出印象深刻的表情。

她毫无反应。

故意的。

靠近波士顿。

没有反应。

······马萨诸塞——

杰　西　哈佛。

约　翰　是你先提的。

约翰评估简历。杰西开始紧张。

杰　西　听我说，有什么我没做过的，我都会弄明白——

约　翰　你经历了多少人生？

杰　西　我······二十五岁——

约　翰　数字我

　　　　不感兴趣。你看过

　　　　多少人生？

　　　　不是每个人都能干这份工作。

杰　西　为什么？你用破事为难人？

约　翰　这件"破事"，可能本来，就很难。不是人人

　　　　都能对付。我不从中介雇人；所以有些

　　　　　申请者以为做得来，结果

　　　　　他们不行。

杰　西　你怎么不从中介雇人?

约　翰　我不需要。

杰　西　为什么不?

约　翰　我有钱。我基本上可以做

　　　　　任何我想做的事情，除了我

　　　　　不能做的。

杰　西　中介有什么问题?

约　翰　他们不喜欢我起诉。

　　　　　如果他们的人搞砸了，我会起诉他们，所以

　　　　　中介限制助理，只

　　　　　做基本工作。

杰　西　……基本工作之外有些什么事?

约　翰　你问了很多//问题。

杰　西　你会要我做哪些基本工作之外的事?

约　翰　各种事。//我没有一份——

杰　西　可什么是我要——

约　翰　如果你不打断我——因为你瞧，这会耽误我一分钟——

　　　　　如果你不打断我，你就会得到

　　　　　你需要的所有信息。

杰　西　抱歉。

约　翰　原谅你。我没有一份清单，事情自己冒出来。你做我
　　　　需要你做的，合理的事。我的意思是，你将要做，如果
　　　　你被雇用的话。

　　　　你必须原谅我的，

　　　　呃，

　　　　怀疑，因为你不是

　　　　通常会应聘这份工作的那啥。

杰　西　通常是"啥"应聘?

约　翰　哦，你知道的。

杰　西　(她知道) 不知道。请告诉我。

约　翰　我需要的是真能做这份工作的人，所以如果你

　　　　不愿意——

　　　　我很抱歉，不过——

杰　西　很多。

约　翰　什么?

杰　西　人生。

　　　　我经历过很多。

　　　　所以当一个男人告诉我，我必须为他做各种各样的事

　　　　来赚钱，我得让那个男人说清楚一点。

约　翰　好。

　　　　那当一个女人说她读过普林斯——

杰　西　因为她就是。在那儿上过学。她这么说，她在简历里这么写，是因为她在那儿读过书。她去上学，她经历过很多——上学前，上学后——她能做这份工作。我能做这份工作。如果你感到意外，我会应聘这样的工作，同时还干着那一堆工作（指简历），在去过这样的地方（指学校）之后，那很抱歉，哥们——

约　翰　约翰。

杰　西　如果一个像你这样的男人——

约　翰　//像我怎样？

杰　西　——像你这样生活——

约　翰　那是怎样？

杰　西　如果你不明白，为什么我上哪个学校，甚至我上过学这件事，对有些人来说啥都不是——那我不知道你在那里花钱学什么。

约　翰　我有全奖//实际上——

杰　西　（继续）不过我不是你的教授。你的教授有健康保险。

约　翰　不必是——

杰　西　我都做，好吗？不管你需要我做什么。

　　　　我都做。

　　　　约翰。

　　　　在合理范围内。

抱歉——抱歉打断你了。

约翰看着她。

拜托。

约翰低头看简历。

乍看之下面试失败了。

也许杰西转身向门口走去。

他抬起头来。

约　翰　杰西。

杰　西　什么？

约　翰　……卡？

杰　西　就是杰西。

约　翰　可以起早吗，杰西？

杰　西　可以。

约　翰　六点？

杰　西　（撒谎）……行。

约　翰　那好。

他向她伸出手。

过了一会儿。

她看着他颤抖的手。

然后

她和他握手。

开始吧。

二

九月初。

外面在下雨。

另一间无障碍公寓。在新泽西州泽西市。公寓很大，空荡荡的，正在过渡期，颇受冷落。

一个女人上场。是阿尼。

她坐在轮椅上。严重的不完全性脊柱损伤。

四肢瘫痪。只有一只手的几根手指还有部分功能。

作为女人，阿尼的世界没有延伸到北泽西州以外多远，你只要试着对她说话，看看会发生什么。她有自己的方式，她对这些方式很满意，那些不同意的人不需要留在她身边——很多人都走开了。她对某些人来说可能显得粗暴或激烈。一只抗拒被抚摸的猫。直到它想被抚摸。

埃迪和她一起上场，还替她打着伞。然后他想起伞来。

埃 迪　哦，该死。

真倒霉。

埃迪收起伞。把伞放在一边。

他们的互动曾经很轻松。现在需要埃迪去带动。

这就是你的新……

他对这地方感到意外。打量它。

阿尼。

你要给这儿加点颜色。(最糟的)这种米色？不好。我
感觉就像走进一个纸袋子。你可以在这儿加点黄色的
东西。搞点婴儿蓝，搞点黄色。对情绪有好处。我读过
这个。这是治疗。颜色影响你的感受。蓝色对压力好，
像是——缓解吧。红色提高激情。黄色我不知道，但就
是黄色。

问问你的护工。瞧着吧。他们会告诉你。这玩意儿是
科学。

阿　尼　(冷幽默)我想过试试瑜伽。

　　　　改善情绪。

埃　迪　……你能//做——？

阿　尼　不能。

埃　迪　好吧。

他环顾四周，想找点有用的事做。

阿　尼　你在这里//干吗——?

埃　迪　（找事做）好好好。枕头! 给你把枕头取来。

他试图把枕头放在她的脑袋或背后面。看到她全身都
被绑住……

我把它抖松一点。

抖松枕头，放在一边。

好了。毯子。给你盖上毯子。

他用毯子包裹住她的轮椅。

你瘦了?

……

待会儿我就打自己一顿。替你打。

要不然——这样吧:

他握住她瘫痪的手臂。

一开始她对将要发生的事情感到困惑，却无能为力。

糟了。他真的要这么做吗？

他做了。他真的这么做了。她不相信他竟会这么做。

他用她瘫痪的手打自己。

她看起来并不开心。

他看她的脸，看起来不开心。

他尴尬地把她的手放回她身边。

阿　尼　你他妈//有病？

埃　迪　我不知道。

阿　尼　把它绑回来！

埃　迪　对不起对不起。

他把她的手腕绑回轮椅扶手上。

阿　尼　捋直。

埃　迪　啥？

阿　尼　我的手指，你得——捋直//我的——不然我也会失去它们。

埃　迪　对对。

他把她的手放回握拳前的位置，把她的手指放平在轮椅的掌垫上。

好了。

你还好吧?

阿　尼　难道我看起来不好?

你他妈的在这里//干吗——?

埃　迪　床的位置不对。

阿　尼　什么?

埃　迪　你的床背对窗子。

阿　尼　别管它。

埃　迪　我来挪一下。

阿　尼　别管它。

埃　迪　交给我吧,真的//很快。

阿　尼　(斩钉截铁)不,埃迪。

就——//随它去。

埃　迪　对不起。我听你的。

阿　尼　好吗?

埃　迪　好。

阿　尼　行吗?

埃　迪　行。

该死的。

阿　尼　不过谢谢你。

埃　迪　（恶声恶气）别客气。

阿　尼　你刚才为什么站在我家外面//淋着雨，就像——?

埃　迪　我只是说你可以晒晒太阳。阿尼。在窗边。对你有好
　　　　处。让你高兴。血清素。维生素。阳光里有维生素，只
　　　　有阳光里有——而我们需要它。所以听着，如果天阴或
　　　　下雨，或是又像这样的鬼天气，看看他们会不会给你
　　　　一个盒子。

　　　　那种会发光的盒子。

　　　　把它放在你的脸旁边。

　　　　会有血清素。

　　　　据说它会把血清素射到你脸上。

　　　　当外面没有阳光的时候。

　　　　你的保险大概能支付。

　　　　如果不行，你告诉我。

阿　尼　我还在你的医保里。

埃　迪　对。

阿　尼　那你会知道的。

　　　　你会知道我是不是需要一个盒子。

　　　　来让我高兴。

埃　迪　没错。

阿　尼　我们可以把一切都解决，保险，然后是离婚协议——

埃　迪　我们不要//现在说这些。

阿　尼　我只是说现在我还在你的医保里。直到签完协议。

埃　迪　我们可以推迟签字。我是说如果你需要的话。为了保险。那就是些纸。

阿　尼　那远不只是纸。

　　　　……

　　　　你为什么来这里？

埃　迪　你看了我发给你的东西吗？

阿　尼　什么东西？

埃　迪　我给你发了邮件！好东西。因为你去找的那些家伙，他们可以帮你动动胳膊，帮你伸展伸展，不管他们做啥，都是身体层面的，但你还有其他治疗可以做。他们那里大概只是给你基本的治疗。

阿　尼　所以我应该把你说的话刷满墙。

　　　　然后我就痊愈了。

埃　迪　听着，我已经看遍了油管上的神奇妙招。实际上，看遍了整个互联网。有备无患嘛，你知道，因为保险，我的保险，不会总是……你知道的。

阿　尼　你想踢掉我？

埃　迪　啥？

阿　尼　从你的医保里踢掉？//迫不及待？所以你才来这里？

埃　迪　啥？不是！我——哦，拜托！我在说的是颜色！黄色。蓝色。这就是我在说的。我不知道你懂不懂这些，所以我……现在你知道了。

（难以启齿）我……我一直在想你。

阿　尼　什么时候？

埃　迪　啥？

阿　尼　是在我因为败血症昏迷的时候吗？是那个时候吗？当
　　　　我从手术中醒来的时候。第二次手术的时候。或者他
　　　　们说我还需要再做一次手术的时候。也许是五月。我
　　　　学会动手指的那一天。或者是九月。当我发现你站在
　　　　我门前的时候。埃迪，自从我在事故后见到你，已经
　　　　过去了六个月，你到底是什么时候想到过我？

　　　　……

埃　迪　我不确定你是不是想见到我。

阿　尼　你怎么会有这种想法？

　　　　……

　　　　……

埃　迪　我还读到过这个，说是某些气味，对，//可以——

阿　尼　我知道。

埃　迪　你还不知道我要说什么。

阿　尼　那些瞎扯淡不是真的。

埃　迪　什么瞎扯淡？

阿　尼　颜色。气味。所有那些。不是真的。

埃　迪　我不知道，我在油管上看到——

阿　尼　好了，我的护工会在七点过来——

埃　迪　哦，好，很好。那她//可以告诉你——

阿　尼　所以你可以走了。你可以走了。

　　　　谢谢你……帮我安排。

　　　　我现在井井有条。

　　　　一切就位。

埃　迪　不客气。

阿　尼　再见。

埃　迪　只是……

阿　尼　什么？

埃　迪　我给你发过短信……关于……

阿　尼　什么？

埃　迪　只有一件//事——

阿　尼　什么！

埃　迪　只是我还得拿我的东西。

　　　　我还有一些东西要拿回去。

　　　　……

　　　　我发过短信的。上个星期。你，你的护工，一定是不小
　　　　心把我的一些东西打包了。我发了短信给你，说我要
　　　　来拿我的东西。我也打了电话。你不接，所以——

阿　尼　那就去拿你的东西。

埃　迪　不过我——好吧——说来好笑——我好像走的时候，把

　　　　　　我的，呃，行李箱……忘在——

阿　尼　我没有行李箱。

埃　迪　所以得等一下箱子。

阿　尼　……等一下箱子?

埃　迪　马上就到了。

阿　尼　就……自己滚过来?

埃　迪　在车里。

阿　尼　她不能进来。

　　　　　……

埃　迪　你想让我在外面等?

阿　尼　是的。

埃　迪　（"你说得对"）好吧。

　　　　　……

　　　　　……

　　　　在雨里等?

阿　尼　随便你。

埃　迪　可是你更喜欢我怎么做呢?

阿　尼　随便你。

埃　迪　好吧。

阿　尼　操，还说什么喜欢。

埃　迪　那我就在这里等。

阿　尼　那就在这里等。

埃　迪　好。

　　　　　他等待。

　　　　　想要我放些音乐吗?

阿　尼　你有什么毛病?

埃　迪　不，不是那种——那种……［性感的］音乐，是治疗
　　　　的。//我读过——

阿　尼　不要。

埃　迪　好吧，可你不是应该在家做些功课，像是物理治疗之
　　　　类的? 在见过医生之后?

阿　尼　你没有读到过? 在整个互联网上?

埃　迪　我能做些什么? 阿尼，既然我在这里，我能帮你做些
　　　　什么?

阿　尼　你不需要用那些瞎扯淡来帮我。我们已经分开了。祝
　　　　贺你的行李箱。

　　　　……

埃　迪　我去外面等。

　　　　　阿尼看着——或察觉——他向门口走去。

阿　尼　有时候他们会给你……物理治疗的功课。

埃迪转身。

埃　迪　比如说？

阿　尼　（冷幽默）比如说"试着动一动"。

　　　　他们确实说我应该听音乐。

埃　迪　瞧，我要跟你说的就是这个。你要听吗？

阿　尼　这不是——

埃　迪　听吧。有用的。我不知道怎么起作用——视频里没有解
　　　　释——//不过你就听吧——

阿　尼　我有话想跟你说，埃迪，我想你听进去，好吗？所以这
　　　　是一个通知，预先通知，我有话要说，我想你听进去。
　　　　好吗？

　　　　你在听吗？

埃　迪　……是。

阿　尼　别打断我。

埃　迪　好，你说吧。

阿　尼	埃　迪
我很难过，我将要——	你想来点音乐吗？

再试一下。

阿　尼	埃　迪
我很难过，我将要——**我很难过。**	你不想听音乐吗？

阿　尼　（继续）我很恼火。我难过，恼火，难过，不管我要难
　　　　过、恼火多久，都没有关系。我喜欢我现在的感觉。在

我的纸袋子里。没关系。

这是不会恢复的。

我的脊髓已经粉碎了。就是这样。

我知道你是知道的，所以请你……不要。好吗？

我可以把你的东西寄给你。

不是说我自己。我不能，操——但不管怎样，你的东西
会寄出去。护工可以去寄。我会考虑那个射我脸的
盒子。

她看到埃迪在看手机。

你在//听吗？

音乐突然响起。

埃迪用手机播放音乐。

欢快的音乐。声音特别大。

埃　迪　听到这个你怎么还会难过呢？

他跳舞。

他跳得很开心。

他试图带动她

然后

最终

他意识到这有多糟糕
他在跳舞
而她不能。

他停下来。
音乐还在播放。

埃　迪　我可以帮你//刷墙。

阿　尼　关掉。

埃　迪　这是治疗，它可以——

阿　尼　不。这不是治疗。关掉。

他关掉音乐。
……
你还是不会跳舞。

    ……

    ……

    ……

埃　迪　瞧瞧谁在说这话。

    ……

    ……

    ……

    他们看着彼此。

    咧开嘴。

    笑声。

    我们可以明白为什么他们曾经在一起。

    有一瞬间，他们止住了笑。

    并意识到这一点。也许这既是好事也是坏事。

    阿尼暂时放下了咄咄逼人的态度。

阿　尼　治疗师解释了原理

    音乐

    如果你真想知道的话。

埃　迪　我在听。

没有人可以让她分享新信息。

这是一个脆弱的举动。而他在听。

阿　尼　……就是当音乐响起时，身体会寻找它缺少的东西。破碎的东西。断裂的东西。它试图使一切都恢复如前。就像从前的样子。恢复秩序。秩序就像……音乐。（在他提出异议之前，挖苦地）古典音乐。

理疗师已经帮了我（她示意她正在移动手指）一些，只对那只手有用，但音乐据说可以……
你听着音乐，然后……

她移动一只手的手指，仿佛在弹钢琴。

你的身体试图模仿……音乐带来的感觉//这就是为什么——

嘀嘀。
外面传来汽车喇叭声。

她来了。一切结束了。

我可以——我可以把东西寄给你吗，埃迪？

埃　迪　那很贵。

阿　尼　我宁愿邮寄。

埃　迪　我就去拿些袋子//然后——

阿　尼　这玩意儿上有一个紧急按钮。我发誓我会拼命按它。

埃　迪　你把我［想成什么人了？］，拜托。你不必威胁我//就
　　　　好像我是那种，操——

阿　尼　我在问你，我是在问你：我可以把东西寄给你吗？
　　　　说可以。

　　　　他在门口徘徊。

埃　迪　我会给你发清单。一份清单。我的东西。

阿　尼　她和你住在一起？
　　　　……在我们的……？在……贝永？

埃　迪　没有。

阿　尼　她会住进去吗？
　　　　……

埃　迪　（被说中）……只是因为那对我俩来说都更便宜，而
　　　　不是——

阿　尼　（"够了"）好吧。

埃　迪　我没办法独立负担一个住所，同时还要帮你。

阿　尼　我会还你钱。

埃　迪　（不含恶意）是啊，不过

不过现在是我在付钱。

……

阿　尼　她很耐心。

埃　迪　啥？

阿　尼　只按了一次喇叭。

埃　迪　我该出去了。

阿　尼　是的。

　　　　也许你该出去。

埃　迪　阿尼——

他决定把想说的话咽下去。

别担心那些东西。去他妈的东西，不重要。

阿　尼　什么东西？

埃　迪　不是什么我离不开的东西。

一时间，埃迪不知道这算不算告别。

再见，阿尼。

他在门口徘徊，

看她会不会看他。

她没有看。

他下场。

阿尼独自一人。

沉默。

她接受她独自一人的事实。

……

……

她合上眼睛。

一根手指动了。

一只手的手指动了。

仿佛在弹钢琴。或试图弹钢琴。

她用一只手的几根手指在隐形的钢琴上弹奏。

……

我们在静默中看着她。

……

然后,汽车引擎声。

汽车驶离。

她睁开眼睛。

没有人。

三

九月。清早。

约翰的公寓。

杰西来工作的第一天。

杰西准备给约翰刮胡子。

杰　西　如果我搞砸了，你要告诉我。

约　翰　如果你

　　　　搞砸了，你会知道的。

　　　　杰西拿剃须刀对准他的脸。

　　　　正要动手，又停下——

　　　　别搞砸。

　　　　正要动手，又停下——

　　　　累了？

杰　西　我手里是把刀啊。

（呼吸，准备好）好了。

她给他刮胡子。

当剃须刀离他脸比较远的时候——

约　翰　干到很晚吗？

　　　　在酒吧？

她刮胡子。动作犹豫。

杰　西　是啊。

约　翰　我也一样。熬到很晚。

　　　　有篇论文要写。

　　　　累了？

杰　西　（撒谎）没有。

约　翰　我累了。

杰　西　那不一样。

约　翰　什么？

杰　西　（指刮胡子）你说话的时候很难刮。

约　翰　我不会

　　　　传染的。

杰　西　什么？我知道。

约　翰　那就靠近些。

　　　　　她靠近。

　　　　　"可以更好地看清你，亲爱的。"①

杰　西　……什么？

约　翰　没什么。

　　　　　她刮胡子。

　　　　　我雇了一个英语专业的人，她却不说话。

杰　西　谁说我是——

约　翰　不然为什么不列出你的

　　　　　专业？在你的简历上。

　　　　　艺术史？

杰　西　不是。

约　翰　（继续）陶艺？

杰　西　不是。

约　翰　那就跟我讲讲

　　　　　你的事吧。

杰　西　好让你取笑我？

————————————

① 在童话故事《小红帽》中，小红帽对大灰狼假扮的外婆说："天哪，你
　 的眼睛真大啊！"大灰狼回答："可以更好地看清你呀。"

约　翰　不是。

　　　　看情况。

　　　　跟我讲讲。

杰　西　我可以告诉你，我还没有割破你的脸。我可以告诉你
　　　　这个。

约　翰　你将

　　　　看到我很多面。知道我很多事。

　　　　你会脱掉我的衣服，而我无处藏身。

　　　　在这方面，我别无选择。

杰　西　你选择了雇用我。

约　翰　我的选择权不是到此为止。

　　　　每天早上你走进这里，我都可以重新选择。

　　　　我很乐意知道

　　　　是谁要脱掉我的衣服。

杰　西　你想要一个故事？

约　翰　或一个花瓶。如果你要这样

　　　　表达。

杰　西　我在一家酒吧工作。我开车去。坐车里。然后开车离开。

　　　　我在另一家酒吧工作。坐火车去，然后坐火车回。

　　　　我在不止一家酒吧工作。你想要我说什么？我上过大

　　　　学。这间大学。我在一家酒吧工作。不止一家酒吧。

　　　　　　　　　　　　　　　　马蒂娜·迈欧克剧作集

完了。

约　翰　我只是想聊天。

杰　西　我不是我喜欢的聊天内容。

约　翰　为什么不——

杰　西　接下来你要叫我对你微笑吗?

约　翰　不——

杰　西　笑一笑，甜心。

约　翰　//不是——

杰　西　（用毛巾给他擦脸）我看你没事。没出血。

　　　　杰西从约翰身边走开。

　　　　也许约翰在那儿坐了一会儿。

　　　　独自坐着。只有一会儿。

约　翰　（友好地，再次尝试）你老家在哪里?

杰　西　好了，下面要做什么。淋浴。没错。下面，我帮你
　　　　洗澡。

　　　　没有回应。

　　　　（自作主张地想操纵他的轮椅）好了，我们去吧——

　　　　约翰躲开她。

约　翰　你就想快点完事吗？

杰　西　……什么？

约　翰　你不喜欢谈论自己——或者不喜欢跟我说话——你表现得

很明显——那就让我们把这个问题都说清楚吧。

我最不希望每天早上第一件事

就是被提醒，我的身体多么

不舒服//让人——

杰　西　我没有不舒服。

约　翰　真的吗？

因为我不舒服。

约　翰	杰　西
（继续）膝盖和手肘不住地// 靠近。我努力把它们分开。关 节就像是磁铁——试试看。	我和你在一起没有不舒服—— 我感觉很好——是我搞砸了什么 吗？我不认为我搞砸了任何事。

杰　西　试什么？

约　翰　试试感觉如何。

你的膝盖和手肘——

杰　西　就是说假装——你是让我取笑你吗？

约　翰　想象你将会取笑我，

你就已经在取笑我了。

这是工作的一部分。

杰　西　　工作是给你刮胡子，帮你洗澡，替你刷牙，是//
　　　　　　给你——

约　翰　　是照顾我的身体。对。是理解我和
　　　　　　我身体的需求。这是你的工作。

杰　西　　那模仿你难道能帮我给你刮胡子？

约　翰　　我不是在叫你——
　　　　　　好吧。
　　　　　　行吧。
　　　　　　也许这个，也许你
　　　　　　也许就是不//适合。

杰　西　　不是，好吧——妈的——你瞧，我刚开始——

约　翰　　如果你对待我就像对待一份工作——

杰　西　　你是我的工作。

约　翰　　就好像我甚至不——

杰　西　　因为我不想嘲笑你，你就会解雇我？

约　翰　　不，//我不是叫你——

杰　西　　（继续）因为我没有取悦你//按你的要求？

约　翰　　不，只是——

杰　西　　（继续）我没有不舒服——

约　翰　　（无可奈何）那我们为什么不能有一场人与人之间的
　　　　　　对话？
　　　　　　这就是个错误。

杰　西　　大多数人都会猜我的名字是杰西卡。

并不是。

我妈来到这个国家时，不说英语，只会说非常少的一些词，她住在纽瓦克一家医院——它已经不在了，这事有年头了——护士第一次把我交给我妈。她一个人在那里。没有家人。护士问我妈：你会给她起什么名字？我妈只是看着她。她说，那一刻她才意识到，她是多么孤独。几乎不会英语。现在一切都要靠她了。都压在她的肩上。她以为护士在说——有人问我妈问题时，她通常只会说 yes，no 或者 okay，她的判断依据是，问她话的是男人还是女人，或者他们看起来人好不好。我的意思是，大多数时候，人们只会问她，你想要一个袋子吗，或是你还好吗，所以她说是或不是或我很好。所以我的妈妈，当护士询问我的名字时，她……我想她要说的是 yes，可是，她，你知道，她的口音……

所以，我的名字叫杰西。

只是杰西。

他们放了两个 s，已经很好了。

……

约　翰　你给每个人讲这个故事？这是你的

故事，对吗？你告诉每个人？

杰　西　要不我先干完工作，然后你再来评判我？洗澡吧。//
我现在就给你洗澡。

约　翰　我不是要评判你——

杰西冒失地伸手去抓约翰的衬衫，好像要脱他的
衣服。

这种突然的、强迫的接触造成约翰痉挛，他四肢
张开。

杰西本能地闪开。

约翰险些从轮椅上摔下来，不过他稳住了身体。

杰西愣住了，不知道该怎么办。

在接下来的过程中，约翰逐渐恢复。

在某些时候，杰西给予他小小的协助。

约　翰　我的身体——
如果你靠得太近、太快——

我的身体会过度保护自己。

只要我超过身体所能，

就是暴力。

你伸手，晃动，

它总感觉在你之外。

所以你不得不把你自己——你的胳膊，你的手——扔向

你想要的东西。

他抓住她的胳膊。

抱住她。

你曾经被打过吗？

……

你曾经被——

杰　西　为什么这么问。

约　翰　就像被打了一样的。在我的皮肤下面。从我的皮肤

底下。

就像有人在打我，

从我的皮肤底下。

他放开她。

这就是你的工作要面对的。每天早上。你要触摸，

剃须，

脱衣，

洗漱，

穿衣——为这个人。

我就是这样的人。

他们分开站了一会儿。

杰　西　这是你给每个人讲的故事?

约　翰　并不是。

　　　　没有人问过。

杰　西　很明显我没打算问。

约　翰　我也不喜欢说它。

杰　西　为什么又说了呢?

约　翰　因为我从来没有说过。

你是

第一个，我

第一个

自己雇的人。

从我开始独立生活。

我从来没有……

有什么东西让约翰感到不满意。

他又回到工作调配。

那儿有一瓶须后乳液。

你可以用。

杰	西	你还有什么从没做过?
约	翰	什么?
杰	西	你说你从没……所以……

还有什么事,约翰,是你从没做过的?

某种新的关系开始了。

告诉我一些

你的事情。

四

十月。

晚上。阿尼的公寓。

阿　尼　决不。

埃　迪　但我了解你，你的身体——

阿　尼　那更不行了。你知道它曾经有多棒。

埃　迪　我需要这笔钱。

阿　尼　为什么？为了她？

埃　迪　不是。为了……总归需要嘛。

　　　　好啦，难道你宁可要陌生人，某个——陌生人来照顾

　　　　你？你不认识什么人，阿尼。

阿　尼　我认识你，结果呢？

埃　迪　你知道吗？当你只想压倒我，真的很难沟通。

阿　尼　我不会雇你的。

埃　迪　歧视。

阿　尼　行。把我铐起来。

埃　迪　你不用付我跟别人一样多的钱。

阿　尼　那女人对这件事怎么看？

埃　迪　很好。

阿　尼　她不知道。

埃　迪　不，我们确实交流过。你真的有一个按钮？

阿　尼　什么？//是的，我有。

埃　迪　紧急按钮，你有吗？那就按吧。

阿　尼　不。

埃　迪　按。

阿　尼　不。

埃　迪　按。

阿　尼　不！

埃　迪　如果你不想我留在这里，就按它。

　　　　按。

阿　尼　我真得说，埃迪，我从来没有像看到你这张脸的时候
　　　　一样，有这么强烈的冲动想要离开这张轮椅。自从上
　　　　个月见到你之后，我做梦都是武器飞舞，我想对你实
　　　　施的暴力是如此——有创造性，我甚至感觉可以跳出
　　　　我的身体。跳出这张轮椅。在那些时刻，我最有生
　　　　命力。

埃　迪　那就雇我。

　　　　……

　　　　你一直在想我？

阿　尼　什么？

埃　迪　自从"上个月"。

也许他唱/跳了一下，就像在他们的第一场戏里那样。

阿　尼　他妈的滚出我家。

埃　迪　阿尼，不管我现在有什么不懂的地方……我都会搞
　　　　懂。我学得很快。

　　　　就给我一星期。就给我一个试用期嘛，一星期。

阿　尼　你来这里，因为你觉得自己是个混蛋。

埃　迪　我一直觉得自己是混蛋。这种感觉每天都大同小异。

阿　尼　当你不再觉得自己是最低贱的混蛋，只要有人让你觉
　　　　得自己可以爬高一层，你就会离开。我了解你。

埃　迪　只发生过一次。

阿　尼　你和她住在我们贝永的家里，那不止一次。

埃　迪　我们当时要分手了。那个时候，第一次的时候，你和
　　　　我在——我们已经//分手了！

阿　尼　没错。我了解你。

埃　迪　对。你了解我。你知道我是一个已经戒酒十二年的
　　　　人。一个对你忠诚二十年——将近二十一年的人。我不
　　　　是那种完美的//家伙，但是——

阿　尼　对。

埃　迪　但是我做得很不错了，阿尼。你不能否认那些数字。
　　　　十二。将近二十一。

　　　　不是毫无瑕疵，尤其是和——但是很不错了。妈的，
　　　　比起——

阿　尼　什么？

　　　　我？

埃　迪　比起从前。

　　　　比起从前的我。十二年前，再往前九年？和那时相比，
　　　　我做得很不错了。那一部分我不需要得到你的肯定。
　　　　我自己知道。我知道我进步了。我自己心里知道。知
　　　　道我已经改变了很多。和那坨狗屎在一起？和从前的
　　　　我在一起？一星期都太长了。

　　　　（平静地说出事实）我为此感到骄傲。就是这样。

　　　　我以前就照顾过你。当你在经历//你自己的——

阿　尼　（并不感到骄傲，不再谈论）好吧。

埃　迪　我并不想以此要挟你。我知道需要被照顾意味着什
　　　　么。我只是说……你看过我工作。

阿　尼　你什么？

埃　迪　第二天你就醒了。你没有死。所以我想那就是我的，
　　　　呃，工作样本。我为你工作的样本。

阿　尼　我在你展现工作能力的大部分时间里都是昏迷的。

埃　迪　就像我说的，你没有死。

　　　　你看，你实际需要支付多少钱？如果你找别人又要花
　　　　费多少——？

阿　尼　我收到了支票。而且我已经申请了//一些资助。

埃　迪　还有隐性花费呢？关于这事，我在互联网上找到了一

份翔实的报告。

阿　尼　我情愿想办法付别人钱，也好过他妈的永远赖在你的
　　　　医保里，或者靠你——

埃　迪　怎么做？你要怎么——

阿　尼　我不知道，但我情愿那么做！

埃　迪　那就几天不洗澡，不刷牙，不吃饭？

阿　尼　我情愿找一个靠谱的人——

埃　迪　像今晚的护工？

阿　尼　就这一次，只发生过这一次，她的日程排错了，可能
　　　　是她把日程排错了。

埃　迪　就这一次，她就搞砸了。只有这一次吗？

阿　尼　只有这次。

埃　迪　你觉得没问题？你能接受？你还信任她？她会出现在
　　　　这里？会做她该做的事？

阿　尼　……

埃　迪　只有一次。

　　　　就像我。

阿　尼　你觉得你每天来照顾我几小时会发生什么？你替我刷
　　　　几天牙，给我倒几次便盆，然后，轰，良［心］——
　　　　操，当我说"轰"时你就拍拍手。

埃　迪	阿　尼
啥？	你给我倒便盆，然后，轰——拍拍手。

埃　迪　就像，//鼓掌——?

阿　尼　拍手。就是拍一下手。

　　　　轰，拍你的——拍你的——

　　　　他拍手。

　　　　还没完! 再来，轰——

　　　　他拍手。

　　　　再一次，轰。

　　　　他跟着"轰"拍手。

　　　　轰——

　　　　他跟着"轰"拍手。

　　　　轰——

　　　　他跟着"轰"拍手。

再来，轰（他拍手），轰（他拍手），轰（他拍手）——你给我倒几次便盆，然后，轰（他拍手）——良心就过得去了？

……

埃　迪　……这就是你对护工做的？也许这就是她抛弃你的原因。

阿　尼　你不是在向我赎罪。

埃　迪　你说得对，因为你这样不是我的错。这不是我的错。

现在的你？这种样子？（他拍手）不是我的错。

我知道你不会原谅那件事——我知道的。即使我们当时已经分手了。

法律上来说是的。我的意思是，也许你会原谅//我，不过——好吧。

阿　尼　不。

埃　迪　那我所能希望的，我想，就是某种转变。我想不是宽恕，不过……我不知道。

我只能希望有这样的机会。

不过我没有害你变成这样。所以。

所以，我不需要向你赎罪。

我会为你提供服务。免费。或者以很便宜的价格，如果你想要付钱，让你感觉上……随便吧。而且是临时服务。

阿　尼　……

埃　迪　……

阿　尼　你知道我们聊什么吗，我和护工？我们聊过什么？通
常没什么可说的。她会问我好不好，这样或那样感觉
如何。有问题吗？身体问题，还有天气。

诸如此类的直白废话。她告诉我美国各地的天气。我
们同情芝加哥的雪。我们为亚特兰大的潮湿而摇头。
我们为明尼苏达叹气。那一定很可怕，我们说。这对
人们来说一定很可怕。无论她的家人在哪里，我都知
道。我知道他们的日子过得怎么样，因为她会告诉我
那里的天气。

我真他妈爱死那娘们了。

埃　迪　……外面还在下雨，不过据说//明天会放晴。

阿　尼　而且这很好——只去想想别人的天气，有时候这真的
很好。为他们那里下雪而难过。

忘掉我曾经有不同的生活。

忘掉别人要为我做那些我不再能做的事。

忘掉我是自作自受。

埃　迪　你没有——

那是一个意［外］——运气不好。

对不起。

　　　　　　我再也不会提起这件事了。

阿　尼　我们有太多次压倒对方的经历了。几十年。

　　　　　　我能理解你为什么会找她。能谈谈别的事情，这很好
　　　　　　……谈谈天气……有时候。

　　　　　　好了，我说完了。这个话题到此为止。

　　　　　　新公寓。新身体。新生活。老护工。

埃　迪　能不能就让我试试？

阿　尼　为什么？

埃　迪　因为你没有太多选择的余地。

阿　尼　……为什么我没有？

埃　迪　因为我已经告诉他们我会照料一切。

阿　尼　我确实有一个按钮。

埃　迪　好吧。它直接连到我。

　　　　　　我是你的紧急联系人。

　　　　　　我仍然是你的紧急联系人。

　　　　　　所以你的护工今晚不能来，他们就打电话给我。

　　　　　　我说我会过去看看你。

　　　　　　我说我会，

　　　　　　我就来了。

阿　尼　……我可以修改那些表格。

埃　迪　那你会写谁？我们生活中认识的人，有谁会过来？谁
　　　　　　有钱或有……［责任感］……你认为谁可以做这事？

……

拜托——这个星期我能不能试着帮你?

到我下次出车还有一个星期。七天。

七。

只是晚上。

七个晚上,今晚算起。

阿　尼　为什么?

埃　迪　如果我搞砸了,我就走。他们会给你找到新人,不过
　　　　现在——

阿　尼　可是——为什么,埃迪?

埃　迪　因为我想要见到你。

　　　　……

　　　　七个晚上。

　　　　……

　　　　阿尼亚?

　　　　……

　　　　阿尼发生了某些转变。

　　　　她看到自己的境况。

　　　　……

阿　尼　我的生日。

　　　　下个月是我的生日。还有三星期。

　　　　我忘记了。

......

......

我就要四十二岁了。

......

埃　迪　（*仿佛他就是礼物*）

生日快乐，宝贝。

五

十二月。

约翰的公寓。

杰西为约翰淋浴。

我们观看整个过程。

需要多久就多久。

杰西将约翰推进淋浴间。

她把他从轮椅抬到淋浴椅上。

过程是这样的。约翰抱住杰西，用杰西作为支撑。杰西紧紧抓着约翰，他把自己向上提，用脚指头做支点，从轮椅挪到淋浴椅上。

她把他的衣服全部脱掉。

她打开淋浴喷头。

在自己身上试水温。

在他的手臂上试水温。

如果水温合适，他就点头。

她给他洗头。

她给他身上打肥皂，然后冲洗干净。

杰西接着刚才开始的对话。

现在两个人之间更加放松了。

杰　西　我是说，我也不喜欢这些女人——有时候她们还不如
　　　　那些……但我不会给那个女孩龙舌兰，当时她已经醉
　　　　成那鬼样了，你知道。

约　翰　自然。

杰　西　尤其是她并没有点酒。我是说我会接受男人的钱，但
　　　　是在我当班的时候绝不能有强奸。这个女孩躺在我们
　　　　的沙发上，就在后面，衣衫不整，半梦半醒（而那个
　　　　地方不是，你知道，那里很吵），这个家伙对我说，
　　　　喂，过来。就像这种腔调：喂！这里嘿。他是那种，你
　　　　知道，穿超超超低腰——

约　翰　没错。

杰　西　牛仔。

约　翰　（评判）老天。

杰　西　毛都露出来了，你知道我在说什么吗?

约　翰　哦，知道。

杰　西　橙色。他还美黑了。大哥，这是他妈十二月啊。他说，
　　　　这个姑娘要来一杯。那我就说，听着老大，我想她够
　　　　了。他就说，听着，婊子——

约　翰　啊呀。

杰　西	老子有的是钱，他说，而你他妈又是谁？
约　翰	哇。
杰　西	他把钱卷成一团扔我脸上。
约　翰	有些人就这样。
杰　西	保镖揪住他的油头，把他扔了出去。
约　翰	很好。
杰　西	就扔在雪地里。去他妈的有钱人。无意冒犯，不过，就像砍了头插在棍子上。这里也该闹个法国大革命。

安静地洗了一会儿澡。

我不理解这里的人为什么要用你的工作来评判你。我不是我的工作。

约　翰	人们必须用某种东西来评判你。
杰　西	也可以不评判。
约　翰	那他们怎么能知道自己是赢还是输呢？
杰　西	我不评判别人。
约　翰	*发出评判性的声音。*
杰　西	我真的努力不去评判别人。
约　翰	那我希望你永远不会淹死。
杰　西	我希望你也永远不会淹死，约翰。

约　翰　因为如果是你、迈克尔·菲尔普斯①和我在汉普顿②游泳，而你的腿抽筋了呢？你会向我求救，因为你不评判别人？

我想你大概就会淹死。

……

我评判你。

杰　西　你怎么评判我？

给，你想要你的——（浴巾）

约　翰　对，这儿——

杰　西　拿到了？

约　翰　拿到了，谢谢。

杰西往约翰手里递过一块涂了肥皂的浴巾。

他用浴巾清洗私处。

杰西转过身，让他拥有隐私空间。

这并不尴尬。这是日常。

杰　西　你怎么评判我？

约　翰　唔。

我认为。

———————————

① Michael Phelps，美国游泳名将，曾获23枚奥运会金牌。
② 汉普顿（The Hamptons），纽约长岛东区的海滨度假胜地。

我给你的评价不错，

我想。

你还没有

弄丢我。

他把浴巾扔在地上——他已经用完了。

她为他冲洗。

杰　西　你没有给我弄丢你的机会。

　　　　你几乎不出门。

约　翰　我出门。

杰　西　去上课，也许。

约　翰　我不只是去上课。

杰　西　我从没见你出去过。

约　翰　校园很大。

杰　西　甚至不去附近。这个地区。每天早上，我在这里做完

　　　　事离开后，你通常只是——闲着。

约　翰　我不喜欢挤来挤去。

杰　西　从没见过你，我说的就是这个。

约　翰　唔，

　　　　我也从没见过你。

杰　西　你什么时候会见到我? 我不住这里。

　　　　除了你家，我甚至不会来这附近。

约　翰　我——

　　　　　我从没见过你，

　　　　　除了你工作的时候，

　　　　　我说的就是这个。

杰　西　我不常出门。

约　翰　完全不出门。

杰　西　天冷。

约　翰　不是每天——

杰　西　最近，对！最近天冷得像——而且，老兄，出门就要花
　　　　　钱。咖啡。火腿三明治。都是钱。

约　翰　那你，怎么说，

　　　　　待在家？阅读？读麦片

　　　　　盒子，我猜，因为书是"钱"。

　　　　　……

杰　西　我工作。

约　翰　好吧，不过

　　　　　你不能，不

　　　　　可能一直工作——

杰　西　你可以。人们可以。他们确实工作。

约　翰　那听起来不像是

　　　　　生活。

沉默清洗。

杰　西　我睡觉。

　　　　睡觉就是娱乐。

　　　　她在轮椅上铺了一条毛巾。

　　　　她将他从淋浴椅上抬起，安置在轮椅上。

　　　　擦干他的身体。

约　翰　为什么——为了什么你要

　　　　这么卖力地工作?

　　　　……

杰　西　为了一切。

　　　　她给他穿上裤子。鞋子。

　　　　(对自己)老子有的是钱，他说，而你又他妈是谁。

约　翰　别担心——

杰　西　可他说得对。

约　翰　不，他是一个——

杰　西　你是谁不要紧。

　　　　你有什么。

　　　　这才要紧。

　　　　……

　　　　　　　　　　　　　　　　　　马蒂娜·迈欧克剧作集

约　翰　唔，

　　　　我想只要你——

杰　西　——努力工作?

　　　　地工作。

　　　　我在酒吧服务的那些家伙，他们动动手指在一小时里
　　　　赚的钱，就比我用尽全身力气拼搏一星期赚的钱
　　　　还多。

　　　　你是谁是要紧的。家庭。关系。在你跌倒时就有一
　　　　张网。
　　　　因为人人都会跌倒。

　　　　我是在这个国家出生的第一代。我是唯一留下
　　　　来的——
　　　　我应该成为一个——

　　　　我应该成为那张网。

约　翰　出了什么事?

杰　西　我只是累了。

约　翰　怎么了?

她看着他。

她考虑了一会儿是否告诉他发生了什么事。

她决定不告诉他。

杰　西　翻领还是 V 领？

约　翰　圆领，谢谢。

橄榄绿那件。

杰西找到一件 T 恤。

杰　西　好看。这又是一件新的吗？

约　翰　可能已经穿出去过了。

她给他穿衣服。

杰　西　那你怎么评判//我？

约　翰　美德怎么说？

杰　西　……美德怎么了？

约　翰　除了家庭和——

难道美德不算数吗？

杰　西　看情况。

看是谁评判。

约　翰　那你也不是

不享受特权的。

杰西正要反驳他。

然后意识到他意指为何。

杰　西　对。

对，我也不是不享受特权的。

约　翰　你也不是

完全孤单。

杰西没有回答。

无论如何，你还有我。

杰　西　我的雇主。

约　翰　你的……嗯……

杰　西　什么？你付钱给我。

约　翰　是的，不过。

不过，

我在这里。

……

（指吸引力）而且你很……

我的意思是，

"你所拥有的，将助你成功"。

　　　　　你也很……

杰　西　什么？

约　翰　好啦。

杰　西　什么？

约　翰　你知道的。

杰　西　不知道，什么？

　　　　　……

约　翰　你能不能，呃，

　　　　　你能不能整理我的——

杰　西　好。

　　　　她调整他的衣服。她靠他很近。

约　翰　你呃……

杰　西　嗯？

约　翰　你很好闻。

　　　　杰西和约翰感受到他们挨得多近。

杰　西　香水。

　　　　　小样。

　　　　　杂志附送的。

约　翰　好闻。

杰 西　可能是你的肥皂味。沾到我身上。

杰西抽身离开，继续工作。

那你当时用什么评判//我——？

约 翰　你的身体。

这句话攫住了杰西。

是一个标准。

这是夸赞？调情？

看你能不能
抬起我。
……

杰 西　好。

还有呢？

约 翰　还有你
动起来的样子。

杰 西　怎么说？

约 翰　你为什么不出去？

杰　西　不常出去。

约　翰　根本不出去。为什么

不呢？像你这样的人？

……

杰　西　（这是激将法；她知道他的意思）像什么样的人，

约翰？

约　翰　（知道她知道他的意思）因为你上过这个学校。这是我

评判你的另一个途径。

说明你不是笨蛋。

杰　西　你不打算说？

约　翰　就不，杰西。

没错。

决不。

至此杰西已经替约翰穿戴完整。她欣赏自己的工作。

我看起来怎么样？

杰　西　很好。

约　翰　很好。

……

很好。

杰　西　（准备离开，穿大衣）好吧，如果——

约　翰　今晚你在附近吗?

杰　西　我在，附近?

约　翰　今——?

杰　西　星期五晚上?

约　翰　你想

　　　　过来吗?

杰　西　"过来"?

约　翰　七点?

杰　西　通常你不会叫我晚上过来。

约　翰　我知道。

杰　西　而且是星期五晚上。

约　翰　我知道这是临时//通知——

杰　西　(断然)好。好的。我会。我想过来。今晚。

　　　　……

约　翰	杰　西
是吗?	等等。

杰　西　让我，呃，让我打电话问一下我能不能——

约　翰　没错。

　　　　当然不行。//没错。

杰　西　不，你知道吗? 去他妈的。

约　翰　不，别//打了。

杰　西　有人会代班。我确定。去他妈的。对。

　　　　　她只是在说服自己。

约　翰　你//确定?

杰　西　（连珠炮似的）只是——星期五晚上，我赚得最多——
　　　　　他们也很难去，你知道，因为你得工作到——他们让你
　　　　　从星期一、星期二的倒霉日子干起，直到你——星期五
　　　　　是——他们不会还给你的，如果——他妈的——也不会
　　　　　有那么多——因为，现在是十二月——星期五是——不
　　　　　行——也行——可人人都想要——不，不，有人会想要
　　　　　的。有人会代班的。有人会抓住星期五的代班机
　　　　　会的。

　　　　　我们七点见。

约　翰　……你//确定?

杰　西　是。

约　翰　是吗?

　　　　　……

杰　西　是。

　　　　　乐意。

　　　　　我乐意过来。今晚。

　　　　　是。

约　翰　好。

杰　西　好。

约　翰　酷。

　　　　她擦去他嘴角的唾液，

　　　　也许比平时更仔细、更感性。

杰　西　酷。

约　翰　今晚。

杰　西　好的。

　　　　她看着他。眼中闪光。

　　　　今晚。

　　　　她离开浴室。

　　　　步履轻快。

六

十月。阿尼的公寓。

阿尼在浴缸里，埃迪帮她擦拭。

收音机开着。

作为背景音轻柔地播放。

我们观看他们片刻。

阿　尼　真他妈讨厌。

埃　迪　我知道。

阿　尼　这在以前会让人很享受。以前让你跟我一起做这些
　　　　的话。

　　　　很舒服。

　　　　你妈的混蛋。

　　　　清洗片刻。

　　　　你早该这样做，在它//还有意义——

埃　迪　水温怎么样?

阿　尼　可以。

　　　　我厌倦了冲你吼。

埃　迪　我也是。厌倦了你冲我吼。

阿　尼　过去这几天，我把我能想到的每一句恶毒的话都抛向
　　　　你，我是一个很有创造性的//人，但你还在这里。

埃　迪　确实，你想出了一些好台词。

阿　尼　你回来了。

　　　　我以为你走了，但你在这里。

　　　　我不相信。这里面有些什么我不相信的。

埃　迪　你说一声我就走。

　　　　……

阿　尼　我不相信。你会回来的。

　　　　清洗片刻。

　　　　水温怎么样?

埃　迪　嗯?

阿　尼　你说呢? 感觉如何?

埃　迪　哦，糟糕，是太冷了吗? 对不起。//对不起对不起。

阿　尼　不不不。对我来说很好。

　　　　我是在问你。你感觉如何?

你的手也在水里。

我只是不想你也感觉水太冷。

我也想对你好。

你这个混蛋。

埃　迪　你真好。

阿　尼　没错，混蛋。我知道。

埃　迪　（指水）很好。

谢谢你。

对我来说很好。

他把双手伸进浴缸。

在她的双腿间。

停留了一分钟。僵住。

或抽离。

⋯⋯

阿　尼　你可以。

埃　迪　啥?

瞄一眼。

哦。

哦。

阿　尼　你可能已经，呃，

注意到，

当你在——

埃　迪　//啊哈。

阿　尼　给我脱衣服时//那个——

埃　迪　是啊。

她停顿，等待埃迪理解。

埃迪完全理解错了。

我不认为我应该这样做，阿尼。这可能会让事情//变
复杂——

阿　尼　不是，我开始流血，是我的//——今天早上——

埃　迪　哦!

没错。

阿　尼　看吧，所以我才想要一位女士来做这事。

埃　迪　不不，我可以的，这并不//怪异。我可以——

阿　尼　我不是在叫你……进来，我——上帝——我不是需要你
在这里做什么野蛮——动作。我只是知道你通常会避
开那个地方。一般情况下。最近。（突然尴尬）上帝。

埃　迪　没事的。

阿　尼　既然你洗到//那个地方周围了——

埃　迪　好啦。

　　　　没事的没事的。

　　　　……

　　　　没事的。

　　　　像这样?

　　　　……

　　　　……

阿　尼　是的。

埃　迪　没事的。

　　　　……

阿　尼　我没什么感觉。

　　　　对任何东西。那儿也是。

　　　　我只是想让你知道,万一你觉得……怪异。

埃　迪　我没有。

　　　　我不觉得怪异。

　　　　完全正常。

阿　尼　我不是说我没感觉。或不会有感觉。我可以。

　　　　我有……那种感觉。

只是不在我身体的那个部分。

……

埃　迪　在哪儿?

……

阿　尼　别的地方。

……

双手在水中的声音。

……

阿　尼　我想象。

现在都靠想象。我想象。

埃　迪　想象什么?

阿　尼　好事情。

如果你想知道的话。

这些天我就做这个。

我的思想是一个伟大的情人。

阿尼重新考虑。

是一个好情人。

我担心的是我的记忆。我的思想受到限制。我只能想象……人生中已经发生过的事情的变体。只不过方式略有不同。所以我的想象里有这一切……污垢，它们无法从我的记忆中脱落。

　　埃迪的双手在水里
　　对阿尼做着什么，
　　那是阿尼多年来所喜爱的事。
　　我们不知道它正在发生，直到听见他接下来的话——

埃　迪　你感觉不到吗?

　　我正在做什么?
　　……
　　你感觉不到吗?
　　……
　　……
　　……

阿　尼　不。

　　埃迪停下。
　　然后他继续清洗。

从收音机里传来一首慢速钢琴曲。也许是萨蒂①的。

埃　迪　你在听这首歌?

阿　尼　嗯? 什么?

　　　　对。

　　　　很好听，不要换。

埃　迪　你想学习弹奏它吗?

阿　尼　搞笑。

埃　迪　不是，我的意思是我也不会弹。不会那种，传统演奏。

　　　　尽管一直都想学。任何乐器。

　　　　萨克斯风。//或者，或者钢琴。

阿　尼　上帝，不要他妈的萨克斯风。钢琴可以。

埃　迪　我觉得学钢琴很酷。

阿　尼　好吧。

　　　　你还可以学。

埃　迪　我曾经假装我会弹。我的父母，他们有次给我买了个
　　　　小电子琴做圣诞节礼物。卡西欧。他们以为我会在这
　　　　方面出类拔萃。手指长，你知道的。我想学习，努力
　　　　过，但……没有结果。这让我很难受，因为他们买了
　　　　下来——而他们根本没那么多钱。他们买琴的时候，还

_____

① 　Erik Satie（1866—1925），法国作曲家、钢琴家，他在十九世纪末二
　　十世纪初的巴黎先锋派中颇具影响力，而且被视为后来的极简主义、
　　重复音乐和荒诞派戏剧的先驱。

不知道私教要花多少钱，而学校又不开这个课。

所以我就假装会弹琴。

琴上有一个控制键，可以让你弹琴但不发出声音。所以我就想象它的声音。弹起来的声音。如果我会弹的话。

我会把收音机打开。找一个弹钢琴的电台。然后我就装作是我在弹。美妙的音乐。我装作是我在弹琴。

……

（指收音机）这曲子不错。

阿　尼　你从来没有告诉过我。

埃　迪　嗯？

阿　尼　你从来没有说过这件事。

　　　　他们聆听。

　　　　然后，

　　　　埃迪抓起阿尼的一条胳膊，

　　　　把它放在浴缸边沿上。

阿　尼　你在做什么？

　　　　埃迪把一只手放在她的胳膊上，

　　　　然后放上另一只手，

他开始"弹奏"阿尼的胳膊，就像弹钢琴。

他模拟收音机里播放的音乐。

就像音乐是从阿尼的身体上流淌出来的。

他弹得很好。
他知道这首曲子。
他的手指和钢琴音乐完美合拍。

这一幕持续的时间足以改变两人之间的某些东西。

埃　迪　一直希望我会弹琴。

他弹奏。

你感觉到了吗?
……
……
……

阿　尼　是的。
……
他停止弹奏。

......

埃　迪　生日你想做什么?

　　　　下个月应该天气好。

阿　尼　那是十一月了。在新泽西。

　　　　你没法提前那么久预知天气。

埃　迪　我们可以按天气好来计划。如果天气不好,我们就顺

　　　　其自然。

阿　尼　"我们"?

埃　迪　你想做什么?

阿　尼　你不会在这里。

埃　迪　为什么不?

阿　尼　你要出车。

埃　迪　我休假怎么样?

阿　尼　那你怎么支付账单?

　　　　不要休假。

埃　迪　听着女人,我要做我想做的事。

阿　尼　(和善地)不要给我承诺,埃迪。

　　　　......

埃　迪　你想做什么?

　　　　阿尼怀疑地看着他。

阿　尼　嗯,你不会喜欢的。

埃　迪　这不是我喜不喜欢的问题。

阿　尼　缅因州。

我想去缅因州。

过生日。

……

……

埃　迪　那里很冷//对吗？

阿　尼　怎么说？

埃　迪　经常下雨，到处都是豪华游艇，还有//龙虾。

阿　尼　你想成西雅图了。

埃　迪　那里也有豪华游艇，对吗？

阿　尼　可能吧。从没去过。所以我才想去。

埃　迪　好吧，可是缅因？那就像——加拿大。①你为什么想去
缅因？

阿　尼　有次我在简妮的桌子上看到一张照片——离婚后她带
孩子们去旅行。去缅因。//那——

埃　迪　一张照片？你想去加拿大是因为一张——？我给你看些
坎昆②的照片，你就会改变主意了，去什么狗屁加

————————

① 缅因州在美国东北部，北邻加拿大魁北克省，东邻加拿大新不伦瑞克
省及大西洋，90％的面积由森林覆盖，因此被称为"松树之州"。
② 坎昆（Cancún）是墨西哥东南部城市，位于加勒比海沿岸，是著名的
度假胜地。

拿大。

阿　尼　相框是木头做的，是真的木头。虽然只是四根小树枝
　　　　绑在一起，但不知怎的，它就是比固定在木头上更好
　　　　看。简妮戴着帽子——因为缅因州阳光充足——所以看
　　　　不到她的眼睛，但可以看到她的嘴，看起来……
　　　　她是在田野里，拿着一根木棍，像拄拐杖一样。只有
　　　　她……一个人……她很好。还有成片的绿色。

埃　迪　那是……? 你当时就是要去那里吗? 那天晚上?

阿　尼　那是他们后来告诉我的。当救护车找到我的时候，他
　　　　们说我是那么说的。我不是去那儿。不过。
　　　　不过也许我会去那儿。如果我继续开车。

　　　　我得更改一大堆医生预约，如果要去别的地方过生日
　　　　的话。

埃　迪　是啊，不过。是你的生日啊!

阿　尼　是啊，不过我不想乱搞。搞乱预约。
　　　　而且成本很高……做任何事。让我做任何事。

　　　　不要休假。

埃　迪　我撕了协议。

阿　尼　什么?

埃　迪　或者说我会撕的。

　　　　　　　我会的。等我到家。

　　　　　　　离婚协议。

阿　尼　　现在不要谈协议。

埃　迪　　好。

阿　尼　　协议的纸，曾经是树。

　　　　　　　片刻没有说话。

埃　迪　　你这儿可以抽烟吗?

阿　尼　　我在这儿想做什么就做什么。

　　　　　　　埃迪点了一根烟。

　　　　　　　他用手夹烟在两人间传递。

　　　　　　　他一口。她一口。他一口。她一口。

　　　　　　　对此他们不需要语言。

　　　　　　　他知道她想抽烟。

　　　　　　　接下去的场景安静而简单。

　　　　　　　他们比任何人都更了解彼此。

　　　　　　　她离开你了?

埃　迪　　什么?

阿　尼　　她离开你了吗?

埃　迪　不是。

　　　　　　还没有。

　　　　　　不过……有预兆了。

阿　尼　做人很难。

　　　　　　他们抽烟。

　　　　　　你打算做什么？

　　　　　　……

　　　　　　……

埃　迪　有没有一个世界，阿尼，在那里……在那里你和——？

阿　尼　没有。

　　　　　　……

　　　　　　……

　　　　　　我们应该认为他理解了。并放下了这个念头。

　　　　　　不过——

埃　迪　为什么没有？

阿　尼　（*不是对抗，而是洞察*）如果我给你理由，埃迪，你就
　　　　　　会说个不停。这不是一个游戏，你把你所有的观点都
　　　　　　集中在这里，和我所有的观点对立起来，看看谁对谁

错。现在不是这样的了。如果你想帮我，你可以帮我。你帮过我。但如果你回来……我是说，回来……那我就需要知道那是为了我。而不是为了……别的什么。

（难得显露她的渴望）如果我现在不是这副样子，你还会在这里吗？

……

埃　迪　会。

会的。

……

阿　尼　这我就永远也不会知道了。

对我来说，一切已经重新开始——

埃　迪　也不一定要这样。

阿　尼　如果你的生活一切完满，没有什么空洞需要填补，你就不会在这里。

埃　迪　人不是这样的。人不会去找别人，除非真的需要他们。而每个人都他妈的……需要别人，需要某个人。这就是生活，你的生活，我的生活……就是这样。好吗？

这才是人的方式。生活方式。

你的烟灰缸在哪儿？

阿　尼　他们可能没有打包烟灰缸。为了我好，狗屁，去他妈的。

去厨房找找看。

埃　迪　我就回来。别动。

埃迪起身离开浴室。

阿　尼　喂。

他停下。

埃　迪　怎么啦?

阿　尼　很高兴认识你。

再一次。

这星期。

埃　迪　你也是。

阿　尼　傻子。

埃　迪　也许有一天你会带我去缅因。

阿　尼　是啊。

也许。

也许有一天我会在那儿见到你。

埃　迪　或者你带我去。我给你擦了一星期屁股——

阿　尼　我的//天哪。

埃　迪　还不收钱。你欠我一趟——加拿大。

阿　尼　滚去厨房吧。

　　　　　　他冲她微笑。
　　　　　　她冲他微笑。
　　　　　　两个傻子。

埃　迪　就回来。

　　　　　　埃迪离开房间。

　　　　　　阿尼独自一人。
　　　　　　她坐在浴缸里。

阿　尼　（对不在舞台上的埃迪）我想我要回去工作。过几个
　　　　　月。看看简妮。看看每个人。你觉得怎么样? 我想我会
　　　　　的。我想。

　　　　　　她等待回应。

　　　　　　埃迪?
　　　　　　他听不见她。

　　　　　　她瞪着外面。坐在浴缸里。
　　　　　　她开始疑惑他在哪里。

她试图转头。

阿 尼　埃迪？你听见——

突然，她滑倒在浴缸里。

不是故意的。

她被水淹没。

我们听见从水底下发出的呼叫。

从后舞台，我们听见厨房里翻箱倒柜的声音。

最终，埃迪回来了，手里拿着一个玻璃盘。

他扔下玻璃盘，冲向浴缸

救回阿尼。她大口喘气。

他紧紧抱住她。

她喘气。

阿 尼　你不能把我丢下——

　　　　你不能把我——

埃 迪　对不起。

阿 尼　你不能——

　　　　你不能——

你——

埃　迪　对不起。

　　　　她喘气。

阿　尼　别走。

　　　　他抱住她。

七

星期五晚上。

约翰的公寓。

灯光优美。

音乐响起。

杰西上场。她提着一个黑色塑料购物袋。把它放下。

她抖落身上的雪。脱掉她的外套。

她精心打扮过。有过夜的准备。看起来很好。感觉也很好。

她欣赏音乐和有氛围感的灯光。令人印象深刻。

她整理裙子。裤袜。头发。

从包里拿出一支杂志附赠的香水小样，

喷在她胸口，可能还喷了腋下。

她回头看他是否过来了，

然后又在大腿间喷了香水。

她摆好姿势，准备就绪。

杰　西　约翰？

后舞台的马桶冲水声。

约　翰　（不在舞台上）你来

　　　　　早了。

约翰上场。

他用遥控器关了音乐。

你穿得这么——

杰　西　对啊。

约　翰　好看。

杰　西　没错。

约　翰　你看起来不错。

杰　西　你只在早上见到我，所以——

约　翰　不过我要洗个澡，而//你穿得——

杰　西　哦。洗——？

　　　　　（激起兴趣）是吗？

　　　　　好的。

约　翰　也许我们可以

　　　　　从洗澡开始？

杰　西　我可以适应的。

约　翰　我知道这有点

　　　　　不一样

和我们通常的——

杰　西　嗯哼。

约　翰　然后也许刮个胡子。

　　　　额外再好好刮一下。

杰　西　我可以。

约　翰　我想如果太早，就像

　　　　这周早些时候或是今天早上，如果你太早给我刮胡子，

　　　　那我就会扎人。

杰　西　你这么想可太绅士了。

约　翰　而你很

　　　　擅长刮胡子。

　　　　而且……

杰　西　嗯哼……

约　翰　而且我紧张。

杰　西　你不必紧张。

约　翰　还很兴奋！

杰　西　事先说出来很好。

约　翰　我曾经考虑过妓女。

杰　西　是吗？不过也许我们不必说这个。

约　翰　是的，这么说不是很有男子气概。我曾经以为当我说

　　　　到妓女时，会很有男子气概。

杰　西　别再说妓女了。

约　翰　但我不知道从哪里开始

　　　　　寻找——瞧，又不男子汉了，我就不该说到妓女。

杰　西　没错。

约　翰　可是如果我们不说一路走来我们经历过多少，杰

　　　　　西，不

　　　　　做某些事情，别人怎么会知道

　　　　　我们经历过多少呢?

杰　西　你想先做什么?

约　翰　吹牛。

杰　西　我先给你刮胡子怎么样?

约　翰　好计划。

杰　西　然后洗澡。

约　翰　好。

杰　西　那乳膏——

约　翰　对。我知道你要用在哪里。

杰　西　——那剃须膏就会顺着你的身体冲走。在淋浴的时候。

约　翰　我们有时间两样都做吗?

杰　西　是的!

约　翰　我八点要见她。

　　　　　……

杰　西　等等。

约　翰　（沉浸在自己的世界）唔。现在几点了? 也许我该省略

一个。

如果我必须省略一个，洗澡和刮胡子，哪一个？

杰　西　为了……

约　翰　第一次约会！

杰　西　和一个……

杰　西	约　翰
妓女？	研究生！

约　翰　玛德琳。

来自牛津。

来自真正的牛津大学。

专攻休谟的博士生，

疯丫头。

我八点要见她。8就像她的体形。

这要怎么做啊？当一个人如此（未说：美好）——

她就是有那么（未说：美好）的地方。

在这过程中，当约翰浑然不觉之时，

杰西从她的塑料袋里拿出一瓶酒。

打开，扭下瓶盖，倒了一杯。

约　翰　这是什么？

杰　西　皮诺。

　　　　　她把一根吸管放进他的杯子。

约　翰　好主意。

　　　　　他用吸管喝酒。然后疑惑。

　　　　　哦，杰西。
　　　　　杰西杰西。
　　　　　这要怎么做呢？

　　　　　她拿酒瓶直接喝。

杰　西　（仿佛对自己说）刮胡子，洗澡。

约　翰　刮胡子，洗澡，对。
　　　　　来吧。
　　　　　谢谢你。

杰　西　你几点结束？

约　翰　什么？

杰　西　你的约会。

约　翰　哦，那个
　　　　　要看情况。很晚，我希望。
　　　　　哦，不过你不必等我。
　　　　　你做完就可以走了。我可以
　　　　　付你整晚——

杰　西　差不多两小时? 四小时? 晚饭加电影? 四小时? 五小时?

约　翰　哦。我不//确定——

杰　西　我可以待在这儿吗?

　　　　……

约　翰　在我的

　　　　公寓?

杰　西　在你离开的时候。

　　　　我想待在这儿。

约　翰　……为什么?

杰　西　我不会搞乱你的东西。保证。

约　翰　可是……我不在的时候?

杰　西　我只想要一个晚上。

　　　　我只想有一个晚上可以拥有属于我的东西。

　　　　就算它是你的。

　　　　答应我。

约　翰　可是——

杰　西　因为我请了假。

　　　　在一星期中我赚钱最多的晚上。为了生活。

　　　　只为了可以在这里。

　　　　和你在一起。

约翰看到她的裙子。

酒。

她的脸。

约　翰　哦。

杰　西　没有人要来，对吗？这个地方就在这里。温暖而空旷。

当你离开的时候，没有人在里面。

约　翰　是啊，不过——

杰　西　答应我。

约　翰　……

杰　西　……

约　翰　我不想……

我

对不起，不过

我感觉不舒服。你在这儿。

当我不在的时候。

杰　西　为什么？

约　翰　我只是——

杰　西　为什么？

约　翰　你拿过些

东西//之前——

杰　西　什么东西。

约　翰　那不——

杰　西　什么?

约　翰　肥皂。

我知道你拿了，那也——没事。

不过是（未说：肥皂）——不过——

我宁愿在场。

当你在这儿的时候。

就这样。

杰　西　我可以还你。

约　翰　没事。

……

你为什么要拿?

……

杰　西　我可以还你。

约　翰　我们可以就

让我们就

刮胡子、洗澡吧。

既然你工作超时了，

我会付你加班费。

好吗?

杰　西　刮胡子和洗澡。

好。

好的。

约　翰　谢谢。

他们之间笼罩着一种尴尬和生疏感。有些东西永远改变了。

嘿，至少你可以

早点到家。

也是个改变。

杰　西　对。

约翰朝着浴室下场。

……

杰西站了一会儿……

杰　西　对。

……然后跑出公寓，手里拿着外套。

八

杰西刚从约翰的公寓跑出来，感觉屈辱，茫然无助。

周围在下雪。

她掏出手机打电话。

传来答录机的声音，令人失望。

原始的需求从一种非英语的语言中喷涌而出。

杰　西　（斜体字表示用另一种语言说的话）我真的希望你能接
　　　　电话。我好想你。但愿我能跟你说话。（指疾病）我希
　　　　望你——还是你。

　　　　我爱你。

　　　　对不起。我只是——想你。对不起。对不起。

　　　　对不起。

　　　　再见，妈妈。

　　　　她挂了电话。

　　　　她抬头，望见大雪纷飞。

　　　　　　　　　　　　　　　　　　马蒂娜·迈欧克剧作集

雪。

风。

夜。

杰西下场。

九，或尾声

埃迪的公寓。

屋里堆满箱子。屋外在下雪。

当天夜里更晚些时候。

感觉有些不一样。

埃迪上场，走到一个箱子旁边，从中翻找。

埃　迪　（对不在舞台上的某人）就在这里面，抱歉。抱歉，我
知道它就在这里面。

他翻找。

你想进来吗？暖和一下，等我——

他翻找。看见那个人没有动。

或者——好吧。或者继续看风景。
贝永的风景。

杰西进门，小心翼翼，警惕，怀疑。处于防备状态。

她穿着一件外套。里面是她今晚去约翰家穿的裙子，
下面是她拥有的最温暖的运动裤和冬靴。她还没有完
全进屋。

从你站的地方，差不多可以看到整间公寓。所以就当
是参观了。不过你也可以进来。

如果你想进来的话。

杰　西　她在哪儿？

埃　迪　哦。

她来来去去的——

杰　西　你妻子来来去去？

埃　迪　我们，呃，

我们在分居，所以她——

杰　西　你说你和你妻子住这里。所以我才//愿意靠近这里。

埃　迪　我们是住这里。住过。

杰　西　那她在哪儿？被藏在壁橱里？在这其中一个箱子里？
有人会从这些箱子里跳出来，然后摘掉我的器官——
（指门）把门开着。

你真的有过妻子？

他给她看钱包里的照片。

也可能是你妹妹。

埃　迪　不是。

而且就算她是，你碰到一个男人随身带着他的——领
养的——妹妹的照片，这难道不能使你安心吗？

杰　西　说说而已，这里并没有女士的痕迹。

埃　迪　你睡觉的车里也没有。这位女士。

你在察看我有没有钱？

杰　西　什么？

埃　迪　我钱包里的钱。

杰　西　不是。什么？//不，老兄——

埃　迪　看吧，这就是人们不帮助别人的原因。

杰　西　（转身离开）这是个愚蠢的主意——

埃　迪　至少喝杯茶吧！

如果你打算回去，整晚睡他妈车里——那就进来一下，
喝杯茶。

她停下。雪落在门框周围。

外面太冷了。而你，在外面，在你的汽车冰箱里。

不管你是谁，我都会邀请你的。不管你是男人或者——

杰　西　对。

埃　迪　我会的。

在星期五的后半夜，你不知道外面会有谁。

杰　西　我已经这样睡了几个星期，我自己可以搞定。

埃　迪　几个星期？你就一直睡在你的——?

杰　西　通常有暖气的。但是电池用完了。

哪里有——

埃　迪　找到了。

他从一个箱子里找到一条毯子。阿尼的毯子。

他有些犹豫，

然后把毯子递给杰西。

杰　西　谢谢你。这真的——谢谢——很有用。在外面。

她正要离开——

埃　迪　你可以就——把它放在门边吗？早上？或者在你//
用完——

杰　西　好的。

埃　迪　谢谢。

是纪念品。

杰西正要离开——

然后想到她从哪儿来，要到哪儿去。停顿。

杰　西　我只是想暖和一下。

埃　迪　好。

杰　西　没别的。

　　　　然后我就走。

　　　　……

埃　迪　我买了披萨，应该还能吃。我可以热一下。

　　　　（小心地）我不会……我不会给你钱。但我会给你
　　　　吃的。

　　　　我认识一位女士，离这儿不远，她就是像你那么做，
　　　　死在车里了。睡觉的时候，她会把车发动起来，后面
　　　　放一个汽油罐，以防万一——有天晚上汽油罐翻了。一
　　　　个女人。很年轻。三十二岁，要么三十三岁。他们早上
　　　　发现了她。窒息而死。烟雾。
　　　　一件愚蠢的事情。愚蠢的小事。
　　　　一个汽油罐。
　　　　然后她……没能……

　　　　我看到你在车里，我——我不知道，你永远不会知道，
　　　　你知道吗？

　　　　杰西没有动。

　　　　雪落在周围。

　　　　　　　　　　　　马蒂娜·迈欧克剧作集

我有披萨。如果你想吃的话。

杰　西　什么口味?

埃　迪　原味。

杰　西　好吃吗?

埃　迪　是昨晚的。

你要进来吗?

……

杰　西　我不知道,去拿披萨吧。

……

埃　迪　你要偷我的东西? 趁我热披萨的时候?

杰　西　有什么破烂值得我偷? 再说,偷了放哪里?

……

……

埃　迪　别偷我的东西。

埃迪下场,去加热披萨。我们听到公寓暗处微波炉的
声音。

杰西站着——环顾四周——但一直靠近门边。

埃迪回来。远处的微波炉传来嗡嗡声。

杰　西　我有工作。

埃　迪　好。

杰　西　我不是那种——只是在车里睡觉，好吗？//我有工作。

埃　迪　好。

杰　西　有些晚上工作到凌晨四点。

　　　　在酒吧，所以别乱想。

　　　　通常今晚我要上班的。大半个晚上。

　　　　我——我今晚没有上班。但通常我上班。

微波炉叮的一声。

　　　　我不是那种——只是睡车里的人。我上过学。我有

　　　　工作。

埃　迪　你要进屋吗？

杰　西　我在屋里。

埃　迪　再进来些？

杰　西　这里就好。

埃　迪　好吧，不过雪——

杰　西　哦。

埃　迪　我的意思是，我这里没有什么考究的东西，像地毯之

　　　　类要担心的，不过——雪正飘进来。

　　　　我不希望你绊倒。

杰　西　我会小心。

埃　迪　好。

她还是站在门边。

然后，

她向屋里走了一步。

然后轻轻地拉上门——门仍然开着。好了。

要我挂起你的//外套吗?

杰　西　我不进别人家，我希望你知道，我不是随便走进别人
家里的人。

埃　迪　当然——

杰　西　我很谨慎。我白天睡觉——通常——因为我很谨慎。我
安排自己的生活，我在晚上工作——直到//有些晚上
是凌晨四点——

埃　迪　凌晨四点，确实很晚。

杰　西　不要拿我开玩笑，你整夜工作过吗?

埃　迪　是啊。是的。我工作过。

实际上很多时候。

太多时候。

杰　西　……好吧。

那么你知道的。

我在一天里的不同时间睡觉，在一天里的某个时间睡
觉。人们不管我，大多数情况下。他们看到有人在车
里睡着了，但那是在白天，大清早，他们就不会管你。
大多数情况下。

埃　迪　不过很冷。

杰　西　是啊。

我还没有完全搞定。这个季节。

是的。

很冷。

*她在脑海中回顾过去几个月的生活。试图装作一切都
没有发生过。*

真他妈太冷了。

微波炉又发出叮的一声。一个提醒。

这是短暂的休息，你知道吗？车。那辆车。健康状况，
一些问题——很快就让你输光。坏运气。错误。犯些错
误。曾经在沙发上蹦跶，但很快就会变老——成为一个
总有需要的人。我老了。

埃　迪　你家在……？

杰　西	这里没有我的家人，不再有了，在这个国家。
	她生病了，回去了。
	我们不能负担——在这里不行。
	我一直给她寄钱，但是——你知道——
埃　迪	是啊。

杰　西		埃　迪
不够。		永远不够。

杰　西	所以我睡在她的车里。
	那样我可以寄更多的钱。
	过去我们住的地方离这儿不远。所以我把车停在那儿。
埃　迪	在我的车位旁。
杰　西	是啊。
埃　迪	那我们是邻居了。
	……
	她死了。
杰　西	是，我知道，那个睡车里的女人——
埃　迪	不是。我的妻子。她死了。上个月。
	请你不要离开。
	你可以走。如果你想走的话。不过不要。求你。
	我们可以合计一下。你可以每隔一段时间来一次。

或者，

或者你可以住在这里。

我们可以把这个地方一分为二。这个地方。我会付更

多的钱。你知道，我没有很多钱。我现在失业了，但我

会再找工作的。我只是——我需要有人在这里。和我在

一起。

很抱歉，你是个女人。

不是说为你是女人而抱歉，但我知道这让事情有点

怪异。

我现在把灯都开着。每个房间。任何时候。

我愿意付这笔钱！你不需要为此付钱。

只是……只是……一个人……在这里真的……

我不知道该怎么办——

微波炉发出叮的一声。

杰　西　披萨……

埃　迪　是。

好的。

埃迪感到挫败。

但他还是去拿披萨了。埃迪下场。

杰西环顾四周。

她关上门。

屋里顿时更暖和了。

杰西考虑。

埃迪回来，用纸巾托着两片披萨。

埃　迪　（指纸巾）盘子都脏了。不想让你等。

她看到他。看到他内在的某些东西。

他也看到某些东西。

在这一刻，他想以后不会再见到她了。

你想要，呃，带走吗？装袋子里？

杰　西　租金是多少？

埃　迪　一千二！我们可以按比例分配！

杰　西　别太激动。

埃　迪　（他激动）我没有！

杰　西　我可以和你住，你不激动吗？

埃　迪　我是激动。我//"会"激动。

杰　西　别激动。我只是问问。

埃　迪　我也不是一个怪人。

杰　西　好，我现在相信你了。

埃　迪　我甚至不去酒吧。通常不去。也不在外面待到很晚。

杰　西　但是今天很晚。

埃　迪　但我通常不会。我通常不会的，所以我甚至没有看到
　　　　过你在那儿，那么晚，在你的车里。今晚我做了件不
　　　　寻常的事。我本来要去见一个人。

　　　　实际上，我被放了鸽子。

　　　　被一个……

　　　　我是在回家的路上。然后我找到了你。

杰　西　你没有"找到"我。

埃　迪　好吧。

杰　西　你看见了我。

　　　　我让你看见我。

　　　　我只是问问。关于租金。只是——问问。

埃　迪　坐下。吃吧。

杰　西　我要站着。

埃　迪　好吧。

　　　　他把披萨递给她。

杰　西　你先咬一口。

他吃了。

揭晓：还活着。

然后他把披萨给她。

她拿着披萨，不确定要不要吃。

要不要留下。

埃　迪　毒药发作至少要一小时，所以我们还有时间聊天。

她瞪着他。

他大笑。

他被自己的笑话逗乐了。

也许他笑得声音太大，时间太长。

也许在生命的这一刻，他想到了死亡，甚至拿死亡开玩笑，他感到崩溃。

也许他以为自己恢复了，而实际还没有。

一个非常孤独的人发生了一些状况。

我不是一个怪人。

杰　西　我想我要走了。

埃　迪　你有茶吗？在车里？

杰　西　我没法烧热水。

埃　迪　我给你一些。请不要走。

　　　　　她把披萨放下。

　　　　　带上披萨。

杰　西　不用了。

埃　迪　你叫什么名字?

杰　西　(下场)抱歉。

埃　迪　你的手机号呢?

杰　西　没有。

埃　迪　(靠近她)区号? 你最近换了新号码吗? 你的区号是
　　　　什么?

杰　西　我包里有防狼喷雾!

　　　　　他停住不动。举起双手。

埃　迪　……谢谢你告诉我。而不是直接——

杰　西　你看起来不像——
　　　　不幸的是, 有些人在遇到其他人之前, 已历经沧桑。
　　　　很抱歉。

　　　　　杰西走向门边。

埃　迪　只是——好吧——不过要小心, 好吗?
　　　　愚蠢的事情。可能只是一件愚蠢的小事。一个血块,
　　　　在我出车的时候。一个微细血管。然后她没能……

杰　西　（关于他的妻子）我很抱歉。

（关于离开）但是……我很抱歉。

埃　迪　小心些。

确保有人看着你，我想……以某种方式。

杰　西　973。

埃　迪　什么？

杰　西　我的区号。973。

……

埃　迪　哦。

好的。

（失望）她是201。

杰　西　谢谢你……的努力。

埃　迪　谢谢……是啊……你也是。

杰西下场。

埃迪脱下外套。

把它扔或挂在某处。

他在自己家里独自站了一会儿。

他走向她留下的披萨。

他把披萨拿在手里。

……

然后，

从他的外套里，

埃迪的手机发出嗡嗡声。

他停下。

他转身走过去。

站住。

……

他不敢拿手机。

……

然后，

门把手转动。

他惊跳转身。

雪。

风。

埃　迪　进来。

雪。

然后，

杰西上场。

她拿着一个保温杯。

她站在那里，周围下着雪。

杰　西　我带了咖啡。不过冷了。

埃　迪　我有披萨。

不过

冷了。

你要进来吗？

她摘下帽子。

跨进屋里一步。

向着埃迪。

他向她跨出一步。

在渐暗的灯光中，两个人站在一起。

全剧终